D1747083

Herbert Plate · Der Ring

Herbert Plate

Der Ring

Engelbert-Verlag, Balve

Neuauflage des 1964 im Sebaldus-Verlag, erschienen Buches

ISBN 3 536 00316 8 - 1/1971
Umschlaggestaltung: Gerhard Keim
(c) 1971 beim Engelbert-Verlag, Gebr. Zimmermann,
Buchdruckerei und Verlag GmbH, 5983 Balve/Westf.,
Widukindplatz 2
Nachdruck verboten - Printed in Germany
Einband: Gebr. Zimmermann, Balve

PERSONEN

Peter Ranefeld	18 Jahre, Schweißer, findet einen Ring
Fritz Hecht	17½ Jahre, Autoschlosser, Führer der Hechtbande
Hans Lange	18 Jahre, kaufmännischer Lehrling, Sohn aus reichem Hause
Horst Zintek	fast 15 Jahre, ohne Beruf, wohnt in den Baracken und kann keinen Alkohol vertragen
Klaus Müller	19 Jahre, Abiturient, kommt aus Mitteldeutschland und kann sich nicht an die neue Umwelt gewöhnen
Otto Bender	18½ Jahre, Maurer, sie nennen ihn »Pickelgesicht«
Erhard Vollrath	20 Jahre, Dekorateur, will Barackenkindern helfen
Lilli	16 Jahre, Hechts Freundin
Karin Hester	18 Jahre, Büroangestellte in einer Textilfirma

1 Peter Ranefeld, 18 Jahre, Schweißer
1. Oktober

Ich gehe! Ich liebe es, zu gehen auf modernen Sohlen, die unter dem Fuß geschmeidig nachgeben und keinen Hall gegen die Wände werfen. Ich liebe es vor allem, abends zu gehen oder in der Nacht, wenn die Straßen leer sind und Nischen und Winkel im Halblicht verbergen, was sich verbergen will.
Merkwürdig. Meine Vorfahren waren alle Bauern, Fischer und Jäger. Drüben. Mir ist das ganz fern.... Geschichten!
Hier war es übrigens, heute Nachmittag, hier an dieser Haltestelle, vor der Berufsschule. Es ging um ein Mädchen, glaube ich. Lange schlug zuerst. Der andere war untersetzter, ließ sich nicht lumpen und zahlte zurück. Es sah komisch aus. Ihre Wintermäntel behinderten sie sehr. Es steckte nicht viel Kraft hinter ihren Schlägen. Sie gehören zur höheren Handelsschule, und sie schlugen sich sozusagen auf standesgemäße Weise. Die anderen standen neugierig dabei. Ein unerwarteter Stoß hätte Langes Widersacher um ein Haar unter ein Auto befördert. In diesem Augenblick sah ich jenes grausame kalte Leuchten in Langes Augen, das mich wiederholt bei anderen Menschen erschreckte; bei ihm hätte ich es nicht erwartet. Mit Lange habe ich mich nie verstanden, in der Berufsschule am wenigsten. Er meint, ich sei ein Streber. Aber das ist es nicht allein, Lange kommt aus einer anderen Kiste, hat reiche Eltern, viel Geld... Er hat etwas an sich, das mich abstößt.
Der Kampf endete ebenso plötzlich, wie er begonnen hatte. Langes Ring war weg.

Sie suchten ihn überall, suchten ihn in allen Winkeln und Löchern, starrten in den Kanalisationsschacht eine ganze Weile, suchten vergeblich und verschwanden dann im nächsten Bus.
Lange hat noch aus der Tür zu mir herüber gesehen — mißtrauisch — und so, als wolle er mich etwas fragen. Aber dann hat er es doch gelassen, und weil alle weg waren, nahm ich den Ring aus der Tasche.
Wirklich, ein tolles Stück! Der vielkantig geschliffene Stein saugt das farblose Licht auf und strahlt es verwandelt, funkelnd und sprühend von neuem aus. Ich habe noch nie so etwas gesehen. In unserer Familie gibt es keine Ringe, gab es wohl nie welche, abgesehen von den Eheringen. Es ist auch ganz unmöglich, sich so einen Ring an der Hand meines Alten vorzustellen oder an den Fingern meiner Mutter, von dem ganz Alten zu schweigen. Der hat Finger, die sind wie Krallen gebogen, als ob sie immerzu in die weiche Erde fassen wollten. Keine Hände für Ringe in unserer Familie ... Keine?
Und was ist mit meinen? Der Ring in meiner Hosentasche, ich spüre ihn, habe ihn immer gespürt, den ganzen Nachmittag und am Abend.
Die Straße ist fast leer. Warum soll ich ihn nicht überstreifen? Ich tue es. Wie der Stein funkelt, selbst hier unter dem Neonlicht! Ob es ein Brillant ist? Und er paßt, paßt genau.
Ich habe noch nie einen Ring getragen, fand es immer albern. Sieht aber nicht schlecht aus. Wenn man jetzt meine linke Hand nur für sich nimmt, so als gehörte sie nicht zu Peter Ranefeld, dann ist sie nicht von der eines reichen Nichtstuers zu unterscheiden. Sie ist schmal und fest, mit langen, schlanken Fingern. Nur die Trauerränder stören etwas. Aber alles in allem ist meine Hand so, daß ein Ring zu ihr paßt. Es ist zum Lachen: Unsere Familie hat eine Ringhand hervorgebracht! Jahrhunderte hat sie dazu gebraucht, aber jetzt ist sie da.
Kurz vor Mitternacht. Dies ist die Zeit, die ich liebe. Die Straßen werden immer leerer.

Am Tage sieht man nur die Menschenmasse; des Nachts erst bemerkt man den Einzelnen.
Sein einsamer Schritt hallt wider in den Straßen. Er ist nicht mehr zu überhören und nicht mehr zu übersehen. Am Tage trägt das Leben eine Maske; nachts zeigt es sich nackt. Ich bin voller Neugier auf das wirkliche Leben. Ich will es ohne Maske sehen.
Ich gehe.
Es ist ein Genuß, zu gehen.
Ich trage einen Ring am Finger...
Die Breite Straße ist wie ausgestorben. Papierfetzen liegen auf dem mattschimmernden Asphalt. Die strahlende Beleuchtung der Schaufenster scheint sinnlos und vertan.
Keine Gesichter drücken sich an die Scheiben. Ein schwerer Wagen gleitet vorüber, ein Kapitän. Fast geräuschlos rollt er wie auf Kugellagern. Es sitzt nur ein Mann darin. Ob er auch allein ist? Er fährt die Breite Straße hinunter. Ich stehe in einem Toreingang. Man sieht am besten aus dem Schatten heraus, man sieht und wird nicht gesehen. Das wirkliche Leben gleicht einem furchtsamen Tier; es flieht, wenn es den Beobachter spürt.
Auf der anderen Straßenseite steht eine dicke Frau vor Meiers feiner Rind- und Schweinemetzgerei und starrt auf die Berge von Würsten, Speck und Schinken. Sie trägt einen schwarzen, pelzbesetzten Mantel. Und wahrhaftig, sie geht auf und ab vor den Auslagen, das Gesicht gegen die Scheibe gedrückt wie ein gieriger Hund. Auf dem breiten Rand ihres schwarzen Hutes lagern Blumen und bunte Gräser. Der Hutmacher hätte ihn besser mit Würsten garniert. Sie kann sich von dem Anblick nicht trennen. Ob sie nichts anderes im Kopf hat als die Vorstellung von den zerstückelten Körpern toter Schweine?
Wieder Motorengeräusche. Der Kapitän hat gedreht. Er kommt die Breite Straße zurück, ganz langsam. Vor dem Juweliergeschäft hält der Wagen. Ein Mann steigt aus, wahrscheinlich ein Geschäftsmann, der hier wohnt. Wer kann sonst auch solch einen großen Wagen fahren! Aber nein — zum Teufel, was macht er

denn? Er haut ja die Scheibe ein, die Scheibe des großen Juweliergeschäftes! Es war kaum zu hören.
Meine Güte, das ist der Schaufensterschreck, kein anderer, nur er! Ich kann nicht sehen, was er macht. Das Auto deckt ihn. Jetzt springt er in den Wagen und fährt ab, nicht mal übermäßig schnell; alles hat nur ein paar Sekunden gedauert. Und die Frau auf der anderen Straßenseite hat nichts gemerkt. Aber ich wußte, daß etwas Besonderes kommen würde, ich spürte es schon den ganzen Abend. Doch jetzt ist es Zeit, zu verschwinden. Und den Ring stecke ich wohl besser in die Tasche.
Da kommt die Polizei. Jetzt aber nichts wie weg! Was werden die schon feststellen! Ein umwickelter Ziegelstein liegt im Fenster wie immer, dafür sind all die anderen Steine verschwunden. Ein toller Bursche, der Schaufensterschreck! Großartig, daß ich ihn sehen konnte! Er macht das wirklich allein. Hecht hat das immer bestritten. Er sagt: das sind mehrere. Alles Neid und Mißgunst! Er gönnt dem Fensterschreck den Ruhm nicht, das ist es, er hat keinen Mumm zu so was.
Ich möchte nur wissen, wer das ist. Seltsam, in unserem Viertel, hier um die Breite Straße, arbeitet der Schaufensterschreck gern. Wer ist sein nächstes Opfer?
Die Turmuhr schlägt Mitternacht; es ist Zeit, nach Hause zu gehen. Schade ... ich könnte die ganze Nacht so unterwegs sein, die ganze Nacht. Ich suche das wirkliche Leben, nicht das, was man uns am Tage vorspielt. Vorhin wurde es sichtbar, als die Scheibe zerbrach. Genauso echt, glaube ich, haust es hinter den vielfältigen Gardinen der schwarzen Fensterreihen. Aber vielleicht stimmt das auch nicht.
Viele spielen auch in ihrer Wohnung Theater und leben erst des Nachts auf heimlichen Pfaden ohne Maske.
Ich möchte Röntgenaugen haben, um durch die Mauern zu sehen. Doch ob ich damit glücklich würde? Interessant wäre es jedenfalls, gerade jetzt, in dieser Stunde. — Aber zum Teufel damit, ich suche gar nicht den Dreck, ich suche die Eintracht, die Liebe,

ich suche Menschen ohne Maske, Menschen, die sich nie zu verstellen brauchen, die sich gleichbleiben: am Tage, in der Nacht, in der Wohnung, bei der Arbeit, auf der Straße — Menschen, die rund sind, ohne Sprung und Riß wie — ja, wie ein gutgefügter, makelloser Ring! Ein guter Vergleich. Es ist seltsam: Wenn ich so gehe, dann kommt mir mitunter ein Gedanke; er packt mich, ich denke mich an ihn heran, ich denke um ihn herum, vorsichtig, mißtrauisch, und dabei kommen ganz neue Gedanken, solche, die ich noch nie hatte. Einer fügt sich zum anderen, und auf einmal sieht man ein Stück weiter. Die Dunkelheit weicht zurück. Der Ring ist noch in meiner Tasche. Natürlich — sie hat kein Loch; ich werde ihn nicht verlieren. Etwas ist eigenartig: ich habe immer so mancherlei in meinen Taschen, schwere Sachen zuweilen, aber die spüre ich nicht, doch den Ring spüre ich bei jedem Schritt. Es ist, als ob dieser Stein zahllose Dinge aufgesogen hätte, die er mir jetzt auf die Haut strahlt. Dabei habe ich mir nie etwas aus Ringen gemacht. Es kam mir immer albern vor, so ein Ding zu tragen. Und gewiß paßt kein Ring an die Hand eines richtigen Mannes. Aber so geht es manchmal: Man ist gar nicht scharf auf irgendeine Sache, man denkt nicht an sie, man will sie gar nicht, und dann ist sie da, ganz von selbst, und läßt sich nicht wegschieben.
Der Ring flog mir genau vor die Schuhspitze. Ich brauchte den Fuß nur etwas vorzuschieben, und er war verdeckt. Es war dann nicht mehr schwer, ihn aufzunehmen. Ich wußte sofort, daß er Lange gehörte. Er paßt zu ihm. Er ist ein Dandy, ein Muttersöhnchen, er hat alles. Sein Alter hat Geld genug. Warum muß Lange alles haben? Wie er vor den Mädchen angegeben haben mag mit seinem Ring! Die fallen natürlich darauf herein. Wenn sich ein Fatzke herausputzt und Geld springen läßt, dann sind sie hin. Aber den Ring hat er jetzt nicht mehr. Und mir soll er mal kommen, mich soll er mal fragen!
Ich möchte nur wissen, ob sie sich um ein Mädchen geschlagen haben. War es Karin Hester? Verflucht sollen sie sein!

Karin Hester... ein wunderschöner Name. Er paßt zu ihr. Sie könnte keinen anderen tragen. Nur das Schönste paßt zu ihr, das Beste. Karin... Es gibt außer dem Ring noch eine andere Sache, die ich immer spüre, die immer bei mir ist. Ob sie das weiß?
Ich möchte mit ihr sprechen.
Worüber?
Über alles.
Ich weiß eine Menge, mehr als mancher alte Mann. Ich brauche nur an meinen Alten zu denken oder gar an den ganz Alten. Was wissen sie? Nichts, fast nichts. Sie sind nicht neugierig, das Leben interessiert sie nicht. Sie sehen nur zurück. Aber was war denn gestern? Ich kann mitunter verdammt genau hinhören, und ich höre. Gestern war Schufterei um das tägliche Brot, und das tägliche Gebet hieß: Sparen, Sparen und nochmals Sparen.
Sie sagen es nicht, aber ich höre es heraus. Es riecht mir mehr nach eigenem Knecht als nach eigenem Herrn. Geschichten... Es gibt viele, die möchten gerne alt sein oder älter.
Ich nicht.
Karin Hester...
Ich bin ein Idiot! Sie ist eine eingebildete Gans, ich bin ihr nicht fein genug.
Was wird sie für Augen machen, wenn sie den Ring an meiner Hand sieht!

2 *Hans Lange, 18 Jahre, kaufmännischer Lehrling*
2. Oktober

Ein grauer Tag. Ich hocke am Schreibtisch. Verfluchte Arbeit! Ich muß die Zeitung haben. Ich muß es lesen. Der Bote bringt sie mir. Hoffentlich kommt der Bote bald.
Ich muß unbedingt neue Schuhe haben. Die Form ist überholt.

Hohe Absätze und noch gestrecktere Spitzen sind das Neueste. Der Anzug ist auch unmodern. Gestern sah ich einen, der war wundervoll: Die Hose eng und kurz, abfallende Schultern — eine Wucht! Steckte auch ein tadelloser Bursche drin, so meine Figur. Die Weiber drehten sich nach ihm um, ich habe es beobachtet. Schale... das ist es! Wie aus dem Ei gepellt muß man sein, das imponiert ihnen. Und Geld! Denen hier werde ich es schon zeigen, denen werden noch die Augen aufgehen über den Lehrling Hans Lange!
Bilden sich wer weiß was ein auf ihr Wissen, ihre Erfahrung, ihr Alter. Diese Spießer mit den ausgebeulten Hosen und den blankgescheuerten Ärmeln! Man muß sich nur den Meier ansehen! Schimpft sich Prokurist, aber seine Schuhe trägt er schon zwei Jahre. Und dann der Chef! Sieht aus wie der letzte Prolet. Und so einer ist nun Herr einer Textilfabrik, Herr über tausend Leute, über ein Riesenvermögen! Alles ist verkehrt verteilt. Ich müßte an seiner Stelle sein! Ich weiß genau, sie halten alle nichts von mir. Wenn die wüßten! ›Herr‹, würden sie zu mir sagen, ›bitte, Herr Lange‹, und nicht brüllen wie der alte Glatzkopf: ›He, Lange, komm mal her!‹.
Es ist eine Zumutung, als Stift in diesem Laden am Schreibtisch sitzen zu müssen, wenn man das Zeug zu ganz anderen Sachen in sich hat. Wie lange muß ich bloß noch mitmachen? Am liebsten würde ich den Tisch umkippen und laut durch die Bude brüllen: ›Ihr könnt mich mal alle miteinander... und besonders Sie, hochverehrter Herr Glatzkopf! Ich haue ab, habe nämlich was Besseres zu tun!‹ Wie die mich anglotzen würden! Der Meier würde bestimmt einen Herzinfarkt kriegen. Seit ich den kenne, habe ich vor Prokuristen nicht mehr den geringsten Respekt. Was der kann, kann ich schon lange.

Da kommt die Hester.
Verdammt, daß mir jedesmal das Blut zu Kopf steigt, wenn ich sie so plötzlich sehe! Ob ich wohl rote Ohren habe? Wird sie

zu mir hinsehen? Wird sie bemerken, daß ich eine neue Krawatte trage — für sie? Natürlich bemerkt sie es. Sie sieht zu mir hin; sie lächelt mich an. Sie lächelt mich mehr an als die anderen. Sie sah mich länger an. Und der Meier, diese Null, diktiert ihr jetzt! Wer weiß, was er noch mit ihr macht! —
Die Hester ist ganz große Klasse. Sie hat eine tolle Figur. Ich möchte mal mit ihr ausgehen, ganz groß. Wenn ich den neuen Anzug habe. Zuerst in einen Film, in einen, in dem der Constantine spielt. Ich finde, ich gleiche ihm. Und dann mit einem Taxi ins Bristol. Der Wagen muß genau vor dem Eingang halten, so daß der Portier die Tür aufreißen kann. Ich nehme einen Zwanzigmarkschein aus der Brieftasche, natürlich nicht zu schnell, damit die Hester und der Portier es sehen, und sage zu dem Fahrer: ›Es stimmt so!‹
Der Portier wird dann die große Flügeltür öffnen, sich tief verbeugen und sagen: ›Bitte, meine Herrschaften!‹
Dafür gebe ich ihm zwei Mark Trinkgeld. Der Oberkellner wird uns entgegenkommen und fragen: ›Meine Herrschaften, wo möchten Sie Platz nehmen?‹ Ich werde dann ganz lässig zu der Hester sagen: ›Am besten nehmen wir den Tisch dort drüben, da hört man die Musik besonders gut. Ich sitze immer da.‹
Sie wird einverstanden sein. Ich werde ihr den Arm reichen, und wir werden langsam zwischen den Tischreihen hindurchgehen. Alle werden sich nach uns umsehen. Die Männer werden mich beneiden, und die Frauen werden denken: Donnerwetter, das ist mal ein Bursche!
Dann werde ich mir die Speisekarte geben lassen. Ich werde Kaviar mitbestellen. Während des Essens werde ich den Kellner rufen und sagen: ›Mir scheint, der Kaviar ist nicht mehr ganz frisch. Als ich zuletzt bei Ihnen speiste, war er besser. Bitte, noch eine Flasche Henkell Trocken!‹ —
Der Hester werden die Augen übergehen. Anschließend werden wir tanzen. Alle werden wieder zu uns hinsehen. Und auf der Heimfahrt werde ich sie küssen. Sie wird glücklich sein. Lehr

mich einer die Weiber kennen! Man muß nur die richtige Reihenfolge einhalten, dann klappt es immer.
Die lieben Kollegen werden sich wundern, wenn ich ihnen den guten Happen vor der Nase wegschnappe, auf den sie selbst so scharf sind. Na, das müssen schöne Tränenlieschen sein, die sich mit denen abgeben! —
Endlich kommt die Zeitung. —
Da steht es in fetten Buchstaben. Eine Wonne. Wenn die wüßten ...
Sehr schön alles, aber die Sache von gestern nachmittag vor der Berufsschule schreit nach Rache. Verdammt, ich darf nicht daran denken! Ich hätte Casper, diesen Hund und Streber, kaltmachen können. Geht her und macht sich an die Hester heran! Quatschte schon in der Pause mit ihr, und sie lachte ... Hat ihn natürlich ausgelacht, was sonst! Der Casper wirkt doch auf Weiber nicht. Kann sich nicht anziehen. Sieht nach nichts aus. Woher nahm er bloß den Mut, sich an die Hester heranzumachen? Mein Lieber, habe ich gesagt, das ist kein Mädchen für dich, laß gefälligst die Finger davon, die ist nämlich schon versorgt. Aber statt zu kuschen wird der Bursche frech, und so kam es zu der Keilerei. Ich hasse so etwas. Proleten schlagen sich. Was sollte ich machen? Ich mache keine gute Figur dabei, ich weiß es. Schade, daß er nicht vor das Auto geflogen ist.
Seltsam, daß ich nicht bemerkte, wie der Ring wegflog. Er war mir zwar etwas weit, aber trotzdem ... Einer muß ihn eingesteckt haben. Oder ob er doch in den Schacht gefallen ist? Warum stand der Ranefeld nur da herum? Ich mag ihn nicht leiden. Er ist ein Streber. Er hat so komische Augen. Man hat das Gefühl, daß er weiß Gott was weiß. Aber was weiß er denn, dieser hergelaufene Flüchtling? Gar nichts, einen Dreck weiß er! Ich möchte ihn mal kleinmachen ... Ob er den Ring hat? Ich meinte einen Augenblick, er hätte ihn. Aber er stand doch nur dabei und starrte mit seinen grauen Wolfsaugen durch uns hindurch. Ich habe nicht gesehen, daß er sich bewegt hat.

Die Hester hat den Ring noch an mir gesehen. Er stand mir großartig. Ein kostbares Stück. Ob sie wußte, daß er echt war? Natürlich, ein Weib wie die Hester fühlt, daß zu mir nur echte Sachen passen. Der hier ist auch nicht schlecht. Ein Rauchtopas, er paßt zu Blau, und das goldene Armband paßt zu allem.
Der Meier platzt natürlich vor Neid. Dem hab' ich's aber gegeben, als er sagte: ›Lange, Sie sind mit Talmi behangen wie ein Kaffernhäuptling!‹
›Herr Meier‹, hab' ich da gesagt, ›in unserer Familie trägt man keinen Talmi.‹ Nicht mehr, nur das. Da kaut er heute noch dran. An dessen Wurstfinger paßt ja auch kein Ring. Und erst ein Armband! 'ne Handschelle vielleicht. Alle sind natürlich neidisch, daß ich soviel Geld habe.
Können einem ja leid tun mit ihren paar Groschen. Nette Kaufleute! Was verstehen die schon von Geschäften! Mein Alter ist auch so einer. Wenn ich sein Gequassel schon immer höre: ›Werd' mal erst was!‹ oder ›Ohne Schweiß keinen Preis‹ und all die anderen Sprüche. Dabei hat er doch auch nur geerbt. Im Grunde ist er ja nicht übel, fünfhundert läßt er im Monat für seinen Sohn springen. Für die hier ist das ein Vermögen, aber für einen Mann von Welt ist es ein Trinkgeld. Gut, daß die alte Dame hin und wieder einspringt. Ich werde ihr auch einen Ring schenken ... falls sie noch Platz an ihren Fingern hat. Die Hester werde ich später ausstatten wie eine Diva, es ist ja da. Aber ein Jahr halte ich es in diesem Laden nicht mehr aus. Ich haue bestimmt früher ab. Und die Hester nehme ich mit.
Nur gut, daß sie das gestern nicht gesehen hat!
Ranefeld stört mich, er ist mir im Wege. Er ist hinter der Hester her. Ich kann sein Gesicht nicht ausstehen und seine Augen nicht. Wenn er den Ring wirklich hat, dann weiß ich nicht, was ich mit ihm mache. Er soll sich hüten ... sie sollen sich alle hüten! Wenn ich erst frei bin, dann mache ich alles anders.
Frei ...
Freiheit ...

Auf dem Wort reiten alle herum. Es ist zum Lachen. Freiheit ist
doch ganz einfach zu erklären. Ich bin frei, wenn ich genau das
tun kann, was ich will. Auch wenn die andern dagegen sind. Solange ich Wege finde, das zu tun, solange bin ich frei.
Um diese Freiheit geht es.
Die Freiheit der andern ist ein Dreck. — —

Die Hester kommt aus Meiers Zimmer. Jetzt hoch mit der linken
Hand. Das Armband macht sich toll. Natürlich bemerkt sie es.
Die roten Ohren! Sie hat mich wieder angesehen, ich sie auch.
Und ausgerechnet jetzt, wo sie noch im Raum ist, schreit der alte
Glatzkopf: ›Komm mal her, Lange. Aber ein bißchen dalli!‹
Ich könnte ihn umbringen!

3 *Fritz Hecht, 17½ Jahre, Autoschlosser*
2. Oktober

Ich fahre. Das Moped knattert, der Fahrtwind rauscht.
Schneller!
Das Gesicht tief über den Lenker, Gas auf.
Schneller!
Sechzig, fünfundsechzig, siebzig. Das ist die Spitze.
Ich bin stark.
Die Kiste macht mich stark.
Ich fahre.
Die Straße rast unter mir weg.
Die Krähen bleiben zurück.
Ich fliege!
Ich bin Hecht, der große, der berühmte, der gefürchtete Hecht!
Gas weg und zurück. Hier draußen ist nichts mehr los. Keine
Häuser, keine Menschen. Zuviel Gegend. Was nützt mir meine

Stärke, wenn niemand da ist, der sie fürchtet. Alleinsein ist blöd. Was andere dabei finden, sonntags hier draußen umher zu ziehen und dann auch noch zu Fuß? Diese Gegend ist nur im Fahren zu ertragen, das ganze Leben ist nur im Fahren zu ertragen.
Ich fahre.
Die Kiste macht, was ich will.
Ich fahre Schlangenlinien... fahre freihändig... sie pariert.
Ja, hup nur, Idiot, bleib hinter mir. Ich bestimme dein Tempo. Du wartest, bis es mir gefällt, dich vorbeizulassen. Weißt du nicht, wer ich bin?
Ich bin Hecht, der Führer der Hechtbande.
Wenn ich will, gehst du morgen zu Fuß. — Verdammt, da stehen weiße Mäuse! Auf die Bremse, kehrt! Weg mit Vollgas! Sie kommen hinter mir her. Ich muß weg von der Straße. Sie dürfen mich nicht kriegen. Schneller, schneller! Die Hunde holen auf. Sie dürfen mich nicht kriegen! Hätte ich den SL von gestern abend, ich lachte über sie. Aber was ist ein Moped.
Rettung, wo ist Rettung? Da, die Schranke... ist sie hoch? ja, nein! Sie senkt sich. Ich muß durch!
Links ran, den Kopf runter und durch. Hurra, ich bin durch!
Die Hunde stehen drüben und glotzen. Mit dem SL hätte ich das nicht geschafft. So, jetzt den Seitenweg rein und zurück zur Stadt. Ein alter Hecht ist nicht von Anfängern zu fangen.
Schade, daß Lilli nicht dabei war oder die anderen. Pech, daß mich keiner gesehen hat.
Ich werde es ihnen sofort erzählen. Sie werden staunen, sie werden überhaupt staunen. Ich habe Pläne, große Pläne.

Gas weg, leise auslaufen lassen. Hier kann die Kiste stehenbleiben. Sie haben natürlich die Nummer, aber was nützt ihnen die Nummer von einem geklauten Moped?
Gehen ist eine verdammte Sache. Man ist auf einmal nichts mehr — eben ein Fußgänger. Man ist erst was, wenn man hinter einem Steuer sitzt. Woran das liegt? Im Grunde ist man doch derselbe.

Das eben ist das Geheimnis. Alle sehen einen plötzlich mit anderen Augen an. Ein Auto ist wie 'ne Uniform, der Chrom das Lametta. Vor einem, der aus 'nem dicken Wagen steigt, machen sie 'ne Verbeugung. — Dort drüben geht Ranefeld. Er hat mich nicht gesehen. Ich muß bald mit ihm sprechen. Er muß mitmachen. Ich werde ihm alles sagen, von der Uniform und so. Ranefeld ist Schweißer, er muß mitmachen.
Ein Schweißer ist wichtig, wenn wir weiterkommen wollen. — Ich muß weiterkommen.
Ich brauche Geld.
Ich will auch 'ne Uniform aus Blech und Lack und Chrom.
Ich will nicht unten bleiben.
Meine Vorfahren sind lange genug mit ihren eigenen Füßen gelaufen. Sie waren immer unten...
Der Ranefeld muß mitmachen. Die Stadt wird vor uns zittern.
Wir werden Millionen haben.
Ich werde Macht haben, Autos, Mädchen.
Mädchen!
Lilli!
Sie ist prima, man kann sich auf sie verlassen. Sie macht mit. Wir gehen schon zwei Jahre zusammen. Ohne sie wäre die Bande nicht zustande gekommen. Vielleicht tun sie mehr für Lilli als für mich.
Trotzdem: Es gibt andere Mädchen,
Mädchen, für die ich Luft bin,
Mädchen, die einen dicken Wagen sehen wollen.
Karin Hester!
Aber das Luder sieht mich nicht an.
Worauf bildet sie sich denn was ein?
Auf ihr Einjähriges, auf ihr Büro, auf ihre Figur.
Wahrscheinlich auf alles zusammen. Und wie sie dahergeht, wie eine vom Film.
Die Männer sehen sich nach ihr um. Aber sie sieht mich nicht an.
Neulich kam sie mir am Kino entgegen. Sie mußte mir auswei-

chen. Ich sagte: ›Na, immer noch so stolz?‹ Ich hatte die neue Lederweste an, machte eine tolle Figur. Doch sie hat durch mich hindurch gesehen. Aber ich werde es ihr schon zeigen! Sie wird schon noch sehen, wer ich bin. Sie soll sich hüten. So behandelt man Hecht nicht. Ihre Mutter ist schließlich auch nur Witwe, genau wie meine. Wenn die Hester nett zu mir wäre, würde ich alles für sie tun. Den schwersten Wagen würde ich für sie knakken, jeden Abend einen anderen. Das ist es: Sie weiß nicht, daß ich das kann. Autoknacken, das ist nichts für die Dauer. Den Schlitten muß man ja immer stehen lassen.
Mir fehlt der eigene Wagen. Mir fehlt die Uniform. Geld muß her! Wer Geld hat, hat alles.
Der Schaufensterschreck hat das kapiert, er muß im Gelde schwimmen. Und wir, was tun wir? Wir fahren nachts in der Gegend rum. Aber was nützt mir ein Auto, wenn mich niemand darin sieht! Ranefeld muß mitmachen.
Ich brauche einen Schweißer. Und wenn er sich weigert, gibt es Mittel, ihn zu zwingen. Mir paßt nicht, daß er keinen Respekt vor mir hat, auch wenn er älter ist. Und außerdem weiß er Bescheid. Ja, er weiß Bescheid. Ich glaube, er weiß überhaupt mehr, als er zeigt.
Ob er keine Freunde hat? Man sieht ihn immer allein. Nicht mal ein Mädchen hat er. Traut sich wohl nicht ran ... stammt aus der kalten Heimat. Dort sind sie vielleicht so. Aber Kräfte hat er. Doch was will er damit gegen die Hechtbande anrichten? Allein mag er stärker sein als jeder von uns, aber wir zusammen sind stärker als er und jeder Starke.
Tausend Männer sind wehrlos gegen uns. Die ganze Stadt ist uns ausgeliefert, wenn wir wollen. Denn wir halten zusammen.

Ich muß unbedingt einen Revolver haben.
›Was, du willst nicht?‹ werde ich sagen. ›Sieh mal in den Lauf der Kanone. Soll ich dir ein paar Löcher ins Fell stanzen?‹
In den Krimis machen sie es auch so.

Wenn ich weiterkommen will, muß ich unbedingt einen Revolver haben.
Pickelgesicht kann bestimmt einen besorgen.

4 *Klaus Müller, 19 Jahre, Abiturient, Flüchtling*

   3. Oktober

Mir ist, als ob ich im Dschungel lebte.
Ich höre Stimmen und verstehe sie nicht, ich sehe Lichter, die phosphorizieren wie die mordgierigen Augen schleichender, raubender Bestien.
Das Leben ist ohne Wärme, und mir ist, als sei ich der einzige Mensch in dieser Wildnis.
Ich bin allein.
Es ist Herbst.
Kaum öffnet der Tag sein trübes Auge, da schläft er schon wieder ein. Im harten Licht der Neonlampen wird alles noch härter, greller, bunter und einsamer. Die Menschen hasten fröstelnd durch die Straßen, als flöhen sie in das rettende, schützende Zuhause...
Ich bin allein.
So muß es Auswanderern zumute sein, wenn sie ins neue Land kommen und spüren, daß sie Fremde sind. Ich las einmal darüber und verstand es nicht, aber jetzt verstehe ich es, wie ich so vieles verstehe. Mir ist, als sei ich in zwei Monaten zehn Jahre älter geworden.
Niemand zwang mich zu gehen; warum bin ich gegangen? Ich wurde gezogen, getrieben, mit unsichtbarer Kraft. Sie zog, wie ein Magnet Eisenspäne anzieht.
Freiheit... auch das.
Freiheit!
Dachte ich daran? Ich weiß es nicht. Bin ich jetzt frei?

Ja, ich bin total frei. Ich bin frei von jeder Bindung. Ich bin frei wie ein Hase. Ich kann springen, wohin ich will. Mir ist, als sei ich die einzig mögliche Beute für tausend Räuber.
Sie haben mich auf eine enge, grellbeleuchtete Lichtung gedrängt, sie strahlen mich Tag und Nacht mit ihrem erbarmungslosen Neonlicht an, und sie schreien mir Tag und Nacht ihre grellen Propagandasprüche in die Ohren:
    Klaus Müller, kauf dies!
    Klaus Müller, kauf das!
    Klaus Müller, der feine Herr nimmt jenes!
    Klaus Müller, der Herr von Welt raucht diese Marke.
    Klaus Müller, starke Männer trinken nur diesen Schnaps.
    Und sie schreien weiter auf mich ein:
    Klaus Müller... Klaus Müller... Klaus Müller!
Ich kann nicht fliehen. Sie erreichen mich überall; sie hetzen mich wie eine Meute Wölfe. Ich bin frei! Jeder ist frei. Ich bin frei wie ein Hase, und die, die mich anschreien, sind frei wie die Wölfe, das ist es!
Es gibt viele Arten von Freiheit. Der Hase hat die seine, und der Löwe hat die seine. Welche Freiheit suchte ich? Als ich ging, dachte ich nur an eine Freiheit. Ich wußte nicht, daß Freiheit so hart und grausam sein kann, daß sie so einsam machen kann. Ich habe einfach Heimweh nach dem alten Leben mit seinen vielen Bindungen, Verpflichtungen und schützenden Gittern.
Ich ging auf vorgeschriebenen Wegen, ich konnte in keinen Abgrund stürzen; ich wurde gestützt, geschoben, und ich fand überall Hilfe auf meinem Weg.
Freiheit! Jetzt bin ich frei. Ich kann gehen, wohin ich will, in jede Richtung. Ich kann bergauf gehen und bergab, niemand stört mich, niemand verbietet mir den Weg. Ich kann geradewegs in den nächsten Abgrund stolpern; niemand wird mich warnen. Ich bin allein mit meiner Freiheit. Ich bewundere die andern, die so gut, so sicher mit ihr umzugehen wissen, die mit ihr umgehen können. Doch können sie gut mit ihr umgehen?

Nein, ich glaube nicht, daß sie gut mit ihr umgehen! Wenn sie es täten, dann wäre die Freiheit nicht so bissig wie ein schlecht behandelter Hund, und ich brauchte sie nicht zu fürchten.
Alles hat sich verändert.
Ich habe meinen Namen verloren.
Ich heiße nicht mehr Klaus Müller; man nennt mich ›Flüchtling‹. Der Bauer, bei dem ich zuerst arbeitete, sagte zu seinem Nachbarn: ›Ich habe mir einen Flüchtling geholt‹, und er sagte es in dem gleichen Tonfall, in dem man früher sagte: Ich habe mir einen Sklaven geholt. So ging es weiter, bis ich auf ihre Fragen nach dem Woher und Wohin schon selbst sagte: ›Ich bin Flüchtling‹. So bin ich dabei, meinen Namen zu vergessen in dieser Freiheit und zu denken: Ich bin Flüchtling! Ich kenne einen jungen Arbeiter, er ist Schweißer. Ein sympathischer Kerl, der Ranefeld. Er hat einfach gesagt: ›Das ist Blödsinn, du hast den Flüchtlingskomplex!‹ Aber was weiß er denn? Er ist mit der ganzen Familie gekommen, als er noch ein kleines Kind war. Bei mir ist das anders.
Ich bin allein.
Manchmal wünsche ich mir, er möge mein Freund sein. Aber dann wieder ist er mir so völlig fremd. Er hat keine Grundsätze, er denkt nur an sich. Aber kann man nur an sich denken? Mich lehrte man es anders.
Hans Lange, den ich bei meiner ersten Vorstellung in der Firma Jung kennenlernte, sagt: ›Die Freiheit der andern ist ein Dreck!‹ Ich bewundere die Sicherheit, mit der er das sagt. Ich bewundere überhaupt seine Sicherheit, seine Eleganz, die Art, in der er mit Frauen umgeht. Er versteht es, eine Zigarette anzuzünden auf diese nachlässige Art, wie man es in Filmen sehen kann. Mir will das nie gelingen. Ich bin ein ungeschickter Raucher. —
Hans Lange zieht mich an und stößt mich ab. Ich suche seine Freundschaft nicht; er erregt meine Neugier. Es ist etwas an ihm, was ich nicht beschreiben kann. Aber es ist da, und mitunter meine ich, es sei böse ... Werde ich überhaupt noch jemals einen

Freund finden? Hier, wo ich von allem getrennt bin?
Man muß sie nur reden hören! Die Auswahl der Farbe eines Mopeds ist ein Problem von größter Bedeutung, und die Mädchen sprechen über die Form eines Schuhabsatzes so ausdauernd, daß keine Zeit für einen ernsten Gedanken bleibt.
Man kann nicht mit ihnen reden.
Sie spüren das Feuer nicht, das unter unseren Sohlen brennt. Warum nur spüren sie es nicht?
Ich bin 19 Jahre alt. Mir ist, als sei ich dreißig, so unreif erscheinen sie mir alle.
Ich bin in das Land der Hoffnung gekommen und bin ohne Hoffnung. Soll ich hier mein Abitur nachmachen? Ist es sinnvoll? Sie reden so leichtfertig über die ernstesten Dinge, wie ein satter Feinschmecker vom Hunger spricht.
Ich finde nichts, was mich ihnen verbindet, nichts als eine Freiheit, die sich als gefährliches Tier entpuppt, jetzt, wo ich sie von nahem sehe und sie streicheln will. Diese Welt ist gemacht für Löwen und Tiger, für Haie und Hechte. Man sieht es an der Hechtbande. Sie fühlt sich wohl.
Mir ist unheimlich zumute, wenn ich ihr begegne. Die bleichen Gesichter sind seltsam leer. Man ahnt einen kalten zerstörerischen und dabei leidenschaftslosen Willen in ihnen. Sie können Schmerzen zufügen wie eine Maschine, die eine Hand zerquetscht. Ja, sie können genauso unbeteiligt töten und mit ihren kalten Roboteraugen auf das Opfer starren und sind nicht im geringsten angerührt, ja, sie haben es nach dem anschließenden Kinobesuch schon vergessen. Sie sind auch zum Töten fähig! Sie suchen nicht die Gelegenheit, aber wenn die Situation es anbietet, dann werden sie es tun.
Freiheit der Räuber!
Ich mißtraue ihnen.
Flüchtlingskomplex?
Ich sehne mich nach einer Frau, die mich liebt. Sie müßte sein wie das blonde Mädchen mit den warmen Augen und dem weichen

Mund. Ich glaube, sie heißt Karin. Sie könnte mich aufrichten. Ich weiß nicht viel von Frauen. Die ich bisher kennenlernte, waren Kameradinnen, Schulfreundinnen. Aber ich liebte nie. Zu lieben steht mir noch bevor. Es muß das Größte und Schönste im Leben sein, zu lieben und geliebt zu werden.
Welch ein wunderbares Wort: Liebe! Man kann es nicht aussprechen, wie irgendein anderes Wort, wie Essen beispielsweise; das Wort Liebe kann nicht nur der Mund formen, das Herz muß es mitsprechen.
Liebe...
Wer liebt und geliebt wird, dem muß alles leicht werden, Schmerzen, Hunger, Not... Vor der großen Liebe muß alles weichen, was böse und schmutzig ist. Daran glaube ich.
Ich möchte lieben, tief und leidenschaftlich, und ich möchte die Hand einer Frau auf meiner Stirn fühlen, ganz leicht, ganz zart. Ich möchte ihren Mund küssen, einen Mund, der sich nur mir darbietet, wie meiner sich nur dem ihren zuneigt. Sogar die Freiheit ist zu ertragen, wenn Liebe einen hineinführt, wenn Liebe einen bewacht. Würde ich geliebt werden, dann verwandelte sich die Nebeldüsternis in einen strahlenden Tag voller Verheißung.
Karin...
Wenn ich an das Wort Liebe denke, sehe ich ihr Bild. Ich möchte mit ihr sprechen, nur ein paar Worte. Aber es ist so schwer. Es gehört viel Mut dazu, viel Reife, sich einer Frau zu nähern.
Karin...
Wurde sie durch meine Gedanken hergezaubert? Plötzlich geht sie vor mir, nur zehn Meter entfernt. Ich werde ihr folgen. Vielleicht dreht sie sich um und sieht mich an. Aber wird sie mich in meinem abgerissenen Zeug überhaupt ansehen? Wird sie nicht auch sofort denken: Ein Flüchtling! —
Wie energisch sie ausschreitet, wie ihre Schritte hallen. Welch wohlgeformte Beine sie hat. Ich wünsche, daß sie jetzt etwas verliert. Etwas, das ich in meinen Händen halten kann, etwas, das noch den Duft ihres Körpers verströmt. Oder es müßte ihr etwas

zustoßen, nichts Schweres natürlich. Sie könnte sich den Fuß vertreten, so daß sie einen kleinen Schmerzensschrei ausstoßen müßte, der mir Veranlassung gäbe, sie drüben zu der Bank an der Haltestelle zu tragen. Sie würde ganz hilflos in meinen Armen liegen, und ich dürfte ihr helfen. Ich dürfte ...
Da kommt Lange über die Straße! Wie elegant er wieder ist, und wie sicher er geht: Wie ein großer Herr! Er geht auf sie zu. Natürlich! Vielleicht haben sie sich verabredet. Warum auch nicht? Sie arbeiten in der Firma, bei der auch ich mich beworben habe. Es ist ganz natürlich, daß sie sich verabredet haben. Er ist elegant und wohlhabend, sie jung und schön; der Flüchtling hat da nichts zu suchen, der Flüchtling kann gehen. — Aber wenn ich bei der Firma Jung Arbeit bekomme, kann ich sie sehen — jeden Tag.

5 *Peter Ranefeld, 18 Jahre, Schweißer*

3. Oktober

Ich arbeite gern. Es macht mir Spaß, so eine rote Schweißnaht zu legen und Getrenntes unlösbar miteinander zu verbinden. Da sieht man, was man schafft. Ich glaube, die Arbeit ist das Wichtigste im Leben ... neben der Liebe vielleicht. Man müßte einen Menschen haben, der einem das alles erklären kann, einen alten erfahrenen Mann, einen Weisen, wie er in Geschichten manchmal vorkommt. Zu ihm müßte man gehen können, immer, wenn man etwas nicht weiß, und ihn bitten, zu erklären, warum es so ist und nicht anders, oder was das ist. Was beispielsweise Liebe ist. Es muß doch eine ganz wichtige oder gar die wichtigste Sache sein, die es gibt. Alle sprechen davon. In der Volksschule schon redeten wir darüber und danach und jetzt. Das heißt, ich spreche nicht davon, ich höre nur zu, wie die anderen darüber reden. Und sie reden unablässig von der Liebe. Das Wort selbst gebrauchen

sie allerdings nie, sie umschreiben es auf vielfache, meist schmutzige Weise. Unablässig erzählen sie dreckige Witze oder von Mädchen, mit denen sie aus waren, und was sie alles mit ihnen angestellt haben. Zweifellos meinen auch sie die Liebe. Vielleicht schämen sie sich, das Wort auszusprechen. Ich spreche nicht über die Liebe, aber ich denke an sie, immer und immer wieder. Ich weiß so wenig davon, und sicherlich geht es den andern auch so. Das macht die Liebe so merkwürdig und geheimnisvoll. Über andere Dinge weiß man genau Bescheid.
Hecht weiß alles über Autos. Er ist Autoschlosser. Man hat ihn genau unterrichtet. Mir hat man alles über das Schweißen beigebracht. Man hat uns Lesen und Schreiben gelehrt. Man hat sich eine Menge Mühe gegeben, uns alles mögliche einzutrichtern.
Nur über die Liebe, die für alle Menschen anscheinend wichtiger ist als alles andere zusammen, hat kein Mensch mit uns gesprochen. Nicht ein einziges Wort.
Ich komme jetzt erst darauf. Es ist buchstäblich nicht einer dagewesen, der das getan hat! Wir standen ganz allein. Wir haben alles mögliche zusammengehört aus den Witzen der Erwachsenen, aus dem Geflüster in den Schulpausen und dem, was Filme zeigen und Illustrierte darüber berichten. Aber was zeigen denn die Filme, was sagen die Illustrierten? Im Grunde nichts. Sie geben nur den Anstoß. Man muß dann allein weiterdenken. Und ihre Bilder können einen verrückt machen.
Zu einem Auto bekommt man eine Gebrauchsanweisung, aber wie man die Liebe behandeln muß, das sagt kein Mensch. Vielleicht ist Liebe eine Sache, die man weder beschreiben noch lehren kann; man begreift sie im richtigen Augenblick von selbst. Aber es gehört doch eine ganze Menge dazu!
Warum sagte man uns nicht, woher die Kinder kommen und wie sie entstehen? Man muß es doch wissen! Ich weiß noch, wie Hecht mir zum erstenmal sagte: ›Die Kinder bringt ja gar nicht der Storch; die Frauen haben sie in ihrem Bauch!‹ Ich war neun oder zehn und wollte es nicht glauben.

›Dann frag doch die Lehrerin‹, sagte Hecht. Das tat ich auch.
›Fräulein‹, sagte ich, ›ich möchte gerne wissen, ob es wahr ist, daß die Kinder aus den Leibern der Frauen kommen.‹
Unser Fräulein war um fünfzig, groß und grau. Sie bekam ein ganz rotes Gesicht und hob die Hände gegen mich, als sei ich ein gefährliches Tier.
›Du scheinst ja schon ein ganz verdorbenes Früchtchen zu sein!‹ zischte sie dann. ›Für morgen schreibst du fünfzigmal auf: Ich darf meiner Lehrerin keine unverschämten Fragen stellen!‹ —
Ja, so war das. Als ich fragte, waren die anderen so still, daß man eine Stecknadel hätte fallen hören. Sie wollten es auch alle wissen. Von dem Tage an wurde in den Pausen fast nur noch davon gesprochen. Später zeigte uns Hecht Bilder und Bücher, lauter schmutziges Zeug. Weiß Gott, wo er sie hernahm. Die gingen reihum. Er verlieh sie für Geld. Sogar die Vierzehnjährigen nahmen sie, und er verdiente ganz schön dabei.
Ich glaube, damals hörte ich auf, ein Kind zu sein. Es beschäftigte mich unglaublich. Ich war dem großen Geheimnis der Erwachsenen auf die Spur gekommen. Ich habe dann noch einmal unseren alten Pastor gefragt. Der sagte: ›Die Kinder sind ein Geschenk Gottes, sie sind ein Gotteswunder. Wenn du älter bist, wirst du das besser verstehen.‹
Die Antwort war nicht viel besser als die erste. Vielleicht hätte ich meine Eltern fragen sollen, aber das konnte ich nicht. Ich meine, sie wissen selbst nicht über die Liebe Bescheid. Sie sind ja nicht übel, aber über so was kann man nun wirklich nicht mit ihnen sprechen. Ich wünsche mir einen Menschen, vor dem ich eine ganz große Achtung haben kann, einen Menschen, der mir antwortet! Es gibt ja so viele, viele Fragen, aber am wichtigsten ist die nach der Liebe. Ich glaube, wenn ich richtig weiß, wie sie ist, dann weiß ich das wichtigste vom Leben.
Es gibt Gedanken, die kann man vertreiben, aber andere kommen immer und immer wieder, am Tag und sogar des Nachts in den Träumen. Ja, auch in den Träumen!

Übrigens, der Ring würde auch an eine Frauenhand passen. Ich möchte ihn einer Frau schenken, Karin Hester. Natürlich, wem sonst? Frauen lieben Schmuck. Manche lieben ihn zu sehr. Es klirrt und baumelt an und von allen geeigneten Stellen. Schön finde ich das nicht. Und Karin Hester? Ich glaube, sie trägt gar keinen.
Wirklich, ich habe nie einen Ring oder ein Armband an ihr bemerkt. Das gefällt mir. O ja, sie braucht keinen Schmuck! Sie sieht so gut aus, daß man ihn gar nicht an ihr bemerken würde. Aber trotzdem: Wenn sie den Ring tragen würde, den Ring von mir, als einzigen Schmuck ... Er würde sie immer an mich erinnern — immer! Vielleicht würde sie ihn gar nicht nehmen. Ein Ring von einem Schweißer ... Ich bin ihr bestimmt nicht gut genug, mein Ring auch nicht. Man müßte feststellen lassen, welchen Wert er hat. —
Verdammt mit allem! Ich streife ihn jetzt über meinen Ringfinger. Ich habe einen Ring und ich trage ihn. Jawohl, so!
Da kommt die Hechtbande. Die Mopeds knattern laut. Wahrscheinlich sind alle Schalldämpfer ausgebaut. Hecht vorauf. Lilli sitzt auf dem Sozius, und die andern hinterher. Die Lilli ist eine richtige Räuberbraut, schmutzig und frech. Ich wollte sie nicht geschenkt haben. Mir scheint, es werden jeden Tag mehr.
Hecht war bei mir. Ich soll mitmachen, könnte zweiter Mann werden.
›Ich habe Pläne!‹ sagte er. ›Ist doch kein Leben, nur schuften, fressen, malochen. Ich brauche Kerle! Außerdem mußt du schon mitmachen, weil du 'ne Menge weißt. Viel wissen und nicht mitmachen, das ist gefährlich. Ist überhaupt gefährlich, allein zu sein. In der Hechtbande ist es sicher, da sind die besten Burschen unseres Viertels drin. Zwischen allen ist die Blutsbrüderschaft beschworen. Da gibt es keine Verräter.
Wenn du mitmachst, bist du sicher. Überleg' es dir nicht lange. Du schleichst des Nachts zu viel allein herum. Kann leicht was passieren.‹

So hat Hecht gequatscht, und dabei spielte er mit einem Revolver. Wahrhaftig, er hatte einen Revolver! Er zog ihn wie unabsichtlich aus der Tasche, warf ihn in die Luft und faßte ihn am Griff. In den Wildwestern sieht man das manchmal.
›Kein Schreckschuß‹, sagte er, ›damit schieße ich auf fünfzig Meter 'ne Kerze aus.‹ —
Es war bestimmt eine Drohung. Ich habe schließlich den Ring aus der Tasche geholt und damit zu spielen begonnen. Ich schob ihn über den Finger und nahm ihn wieder herunter. Schließlich hab' ich ihn in die Hand gelegt und ins Licht gehalten und gesagt: ›So einen Ring hast du wohl nicht? Ein tolles Stück! Aber von Ringen verstehst du wohl nichts. Das ist was anderes als deine Kanone. Für den kannst du einen dicken Wagen kaufen.‹ —
Das hat ihn auf einmal ganz durcheinander gebracht. Er bekam ein blödes Aussehen, und schließlich hat er nur gestottert: ›Du meinst wirklich: Ein Auto für den Ring? — Ein Auto für einen Ring?‹
Er wurde auf einmal ganz aufgeregt. Ich sah, daß er nachdachte. Man merkt das bei ihm daran, daß er den Kaugummi ganz schnell im offenen Mund bewegt.
›Dann bist du der ...‹ sagte er dann und verschluckte den Rest. ›Und ganz allein? Donnerwetter! — Für einen Ring kriegt man ein Auto, sagst du? Verdammt! — Mach mit, Ranefeld! Wenn du mitmachst, stehen wir so! Wir müssen es so machen wie in Amerika: Nicht jeder für sich; eine Organisation! Die Banden in Chikago sind unser großes Vorbild. Von denen können wir was lernen. Dann werden wir beide Könige. Wir haben alles: Autos, Weiber, Sekt, Flugzeuge und Geld wie Dreck. Ich weiß genau, wie man das machen muß. Das wird ein Leben! Jetzt, wo ich das weiß, will ich das vom zweiten Mann gar nicht mehr gesagt haben. Wir leiten die Sache gemeinsam. In der Spielhalle kannst du mich um 22 Uhr immer treffen.‹
Komisch, er hat nicht genau gesagt, was er will. Sein Angebot ist zu überlegen. Manchmal sehne ich mich nach einer Gemein-

schaft, nach einem Bund von Kerlen, in dem einer für den anderen einsteht. Vielleicht wäre das was: Blutsbrüderschaft und so... Doch allein zu bleiben, ist auch gut. Man ist frei. Wer in einer Gemeinschaft lebt, ist nicht mehr frei. Jetzt kann ich tun und lassen, was ich will. Und dann? Was nützt mir die Freiheit, wenn ich nicht mehr tun und lassen kann, was ich will? Eine komische Sache ist das mit der Freiheit. Ich weiß nicht, worüber sie da immer so viel Geschrei machen! Wenn ich morgen die Arbeit hinschmeißen kann, wenn ich übermorgen verreisen kann, weil ich gerade Lust dazu habe, das ist doch Freiheit, oder nicht? —
Ist aber doch nicht so einfach. Manche Sachen werden kompliziert, wenn man über sie nachdenkt. — Sobald man es genauer betrachtet, haut die eigene Freiheit immer mit der eines anderen zusammen. Wenn ich die Arbeit morgen hinschmeißen kann, dann müßte der Betrieb mich morgen rausschmeißen können. — Schwierig! Es gibt da eine Menge Haken. Aber sicher ist, daß ich um so mehr Freiheit habe, je weniger Verpflichtungen ich eingehe. So muß ich das auch mit Hechts Angebot sehen.
Der Ring hat einen mächtigen Eindruck auf ihn gemacht. Warum nur? Und das mit dem Auto hat er geglaubt. Dieses Kamel! Ich weiß nicht, warum ihm alle so blindlings gehorchen. Wahrscheinlich werde ich nicht mitmachen.
Hecht hat Pläne.
Gehört der Revolver auch zu seinen Plänen?

6 Horst Zintek, genannt Läufer, fast 15 Jahre, Barackenjunge

4. Oktober

Dies ist der schönste Tag in meinem Leben! Hecht kann alles von mir verlangen, alles! Ich werde für ihn sterben. Ja, bestimmt! Bald gehöre ich zu ihnen, bald bin ich ihr Blutsbruder. —
Wir hocken alle im Kreis auf dem Boden der alten Baubude. Das Fenster ist verhangen. Keiner findet hierher, in der Dunkelheit schon gar nicht. Lilli hat eine Kerze angesteckt. Die Kerze steht auf einer Kiste. Keiner spricht ein Wort. Es ist eine große Ehre für mich, daß sie mich aufnehmen. Ich bin der einzige ohne Lederweste, aber morgen werde ich auch eine haben. Morgen darf ich genauso eine Weste tragen wie die andern, natürlich ohne Schulterstücke, die darf nur Hecht tragen.
Lilli legt einen Revolver und einen Dolch neben die Kerze. Lilli ist wunderbar! Alle lieben Lilli, ich auch. Mir wird ganz komisch. Alle sehen mich an.
Pickelgesicht sagt zu mir: »Steh auf!« Nun spricht Hecht: »Heute soll ein neues Mitglied aufgenommen werden«, sagt er. »Bevor wir unser Blut mit seinem mischen, soll er die Satzungen beschwören. — Leg deine rechte Hand auf diesen Dolch und hebe die linke hoch. Und nun sprich mir nach: Ich schwöre, daß ich von jetzt an all meine Kraft in den Dienst der Hechtbande stellen werde, daß ich alle Befehle des Anführers sofort ausführen werde, daß ich alle Nichtmitglieder hassen und verachten werde, daß ich gegen jedermann über diesen Schwur schweigen werde, daß ich niemandem die Namen der Bandenmitglieder verraten werde und daß ich weiß: Auf Verrat steht Tod!
Du hast den Eid gesprochen. Du trägst von jetzt an den Namen Läufer. Mit dem neuen Namen fängt für dich auch ein neues Leben an. Setz dich!« Ich habe den Eid gesprochen. Ich heiße jetzt Läufer. Für Hecht will ich Tag und Nacht laufen.

Hecht sagt: »Nun wollen wir Blutsbrüderschaft trinken.«
Lilli schüttet Wein in einen Becher. Hecht nimmt meine linke Hand. Mir wird ganz komisch. Hoffentlich merkt es keiner! Er nimmt den Dolch und stößt die Spitze in die Kuppe meines Mittelfingers. Wenn ich bloß nicht schlapp mache. Mir wird immer schlecht, wenn ich Blut sehe. Lilli hält den Becher hin. Blut tropft in den Wein. Die andern halten auch ihre Finger hin. Von jedem tropft Blut in den Becher. So ist das also, wenn man Blutsbrüderschaft trinkt, so... so herrlich! — Der Finger tut weh. Ich hätte nicht gedacht, daß das so weh tut. Es wird doch keine Blutvergiftung geben? Ich hörte mal, daß man von so einer Wunde Blutvergiftung kriegen kann. — Immer noch kommt Blut, es fließt richtig. O Gott, o Gott, ich darf nicht hinsehen! So viel Blut! Dabei brauchen wir doch gar nichts mehr. Das Blut... das Blut! Was sagt Hecht? Er sagt: »Lilli, hol noch ein paar Flaschen, wir wollen uns heute besaufen!«
Hecht ist groß, er ist unser Führer. Ich werde alles tun, was er befiehlt. Ich wollte, er sagte: Freiwillige vor; wir brauchen Waffen! In dieser Nacht müssen wir das Waffengeschäft an der Kirche ausräumen! —
Sofort würde ich mich melden, sofort! — Ach, es ist schön, daß ich jetzt Blutsbruder bin! Niemand darf mehr zu mir sagen: Der aus den Baracken. Niemand! Hecht hat das nie gesagt, er hat immer getan, als gehörte ich zu ihnen. Aus der Bande sagte das keiner, aber die anderen, die Reichen aus den Häusern. Sie sagen: He, du, Barackenjunge! Jetzt sollen sie sich in acht nehmen. Ich bin nicht mehr der Junge aus der Baracke. Jetzt bin ich Hechts Läufer und Blutsbruder, auch der von Lilli! O ja, sogar der von Lilli...
Lilli ist herrlich, Lilli ist toll! Ich liebe sie auch. Alle lieben Lilli. Natürlich gehört sie Hecht.
Na klar, wem sonst!
Der Finger blutet immer noch. Ich darf nicht hinsehen. Er tut auch noch weh. Wenn es bloß keine Blutvergiftung gibt. Jetzt

gibt es Wein. Ich bin neugierig, wie der schmeckt — ohne Blut.
Ich werde es machen wie Hecht: Er säuft das Wasserglas voll
Wein in einem Zug aus.
»Sauf, Läufer!« sagt Hecht. »Zeig, daß du ein Kerl bist!« — Er
hat Läufer zu mir gesagt. Ich kann gar nicht reden vor Glück.
Ich nehme das Glas. Ja, der Läufer enttäuscht dich nicht, Hecht,
der Läufer kann saufen! Der Läufer kann alles, was du von ihm
verlangst! Alle Kerle können saufen. Her das Glas und hinunter!
Ich dachte, Wein schmeckte besser. Vorhin war ja Blut drin. Verflucht, ich kriege ihn nicht runter! — Aber ich muß... ich bin
ein Kerl...
»Sauf, Läufer!«
Ja, ich saufe schon! Kannst dich auf mich verlassen, Hecht! Noch
ein paar Schluck... Blut am Glas... am Glas ist Blut... mir
wird schlecht... mir ist zum...
Hilfe, ich muß kotzen!

7 Erhard Vollrath, 20 Jahre, Dekorateur
4. Oktober

Ich bin glücklich, daß es endlich soweit ist. Herr Schürmann hat
sich überzeugen lassen und mir die alte große Garage zur Verfügung gestellt. Ich werde sie zu einem schönen Tagesheim ausbauen, und möglichst schnell, denn es muß endlich etwas für die
Kinder getan werden.
Vor drei Jahren hätte ich mir nicht träumen lassen, daß es einmal
dazu kommen würde. Ich weiß noch genau, wie es begann.
Ich arbeitete an einer Schaufensterdekoration und hatte dafür
eine Tiergruppe gebastelt, ganz einfach aus Draht und Bast. Es
war sicher nichts Besonderes, aber mir machte die Arbeit Freude.
Ich war damals noch in der Lehre und arbeitete in der Werk-

statt meines Chefs. Um diese Werkstatt strichen zwei Jungen. Ich hatte sie schon einige Male bemerkt. Jetzt schauten sie neugierig durch die offene Tür und sagten begeistert: »O, die Tiere sind aber fein! Dürfen wir mal reinkommen?«
Ich freute mich über ihr Lob. Wir sprachen miteinander. Sie hießen Hans und Fritz. Bis zum Feierabend leisteten sie mir Gesellschaft. Und dann sagten sie: »Schade, daß wir gehen müssen! Dürfen wir morgen wiederkommen?«
So vertrauensvoll hatte mich noch niemand gefragt. Es war, als hinge davon viel für sie ab. Und weil sie mir gefielen und ich Kinder gern mag, sagte ich: »Ja, natürlich, ihr könnt immer wiederkommen, wenn ihr wollt.«
Beide waren zehn Jahre alt. Am nächsten Tage kamen sie gleich nach der Schule zu mir. Wir erzählten uns so allerlei. Schließlich hörte ich, daß sie in den Baracken wohnten.
Mittagessen gab es wohl nicht. Und Schularbeiten?
»Die machen wir nicht«, sagte Fritz. »Hilft uns ja keiner«, ergänzte Hans. Das war für sie ganz selbstverständlich.
In den Baracken wohnen die Obdachlosen: die kleinen Gauner, die Schwachen, die ins Unglück Geratenen. Damals wußte ich noch nicht viel von ihnen. Asoziale nennt man sie in den richtigen Häusern. Ich sagte es auch. Nun waren also zwei von dort bei mir. Sie waren wie andere Kinder. Und niemand half ihnen... Sollte ich sie auch wegschicken?
Nein! Ich sagte: »Bringt eure Bücher mit, dann machen wir die Schularbeiten gemeinsam.«
Das war der Anfang. Sie kamen bald jeden Abend mit ihren Aufgaben. Es waren aufgeweckte Burschen. Und sie waren so leicht zu leiten. Mir machte es Spaß, ihnen zu helfen. Ich weiß nicht, ob ich ihnen auf die richtige Weise half, ich war ja kein Lehrer, hatte keine Ahnung, war jung und unerfahren. Aber sie hingen ganz toll an mir. Eines Tages kam der Vater von Fritz auf mein Zimmer, ein kleiner, grauer Mann, irgendwo als Hilfsarbeiter beschäftigt. Er bedankte sich. Ich war ganz überrascht.

Ja, Fritz sei jetzt so gut in der Schule. Die Lehrerin hätte es ihm gesagt. Er sei ganz verändert, und dafür wollte er sich jetzt bedanken. Er war sehr stolz darauf, daß die Lehrerin mit ihm gesprochen hatte.
Ich freute mich natürlich darüber. Er erzählte dann noch eine ganze Menge, von seinen Sorgen und von seinem Leben und wollte zahllose Dinge von mir wissen, die ich selbst nicht wußte. Sie betrafen alle sein Leben, wie er es in die richtige Ordnung bringen könne. Ich konnte ihm gar keinen Rat geben, wußte ja selber nichts. Aber ich hörte ihm zu, und das war es wohl, was er wollte. Er suchte einen Menschen, mit dem er sprechen konnte. So ging das.
Fritz und Hans brachten andere Kinder mit. Bald hatte ich eine Abendschule. Wir machten aber nicht nur Schularbeiten, sondern ich las ihnen auch etwas vor. Sie hörten zu. Sie erzählten von sich. Wir spielten. Bis dahin wußte ich gar nicht, daß ich so etwas konnte. Mein Chef ließ uns abends in die Werkstatt gehen. Aus den Baracken kamen sie dann immer häufiger zu mir und fragten mich um Rat. Merkwürdig, wo ich doch so jung war und so wenig wußte! Schwierige Sachen gab es da.
Der Vater von Fritz kam eines Tages mit einem Gesicht, das noch trauriger war als sonst. Nach langen Einleitungsreden zog er seine abgewetzte Brieftasche hervor und sagte: »Ich habe viel Geld gespart. Hier: dreihundertachtzehn Mark!« Er legte das Geld auf den Tisch. »Viel Geld. Ich brauche es nicht. Was soll ich jetzt damit machen?«
»Ja«, sagte ich, »das ist eine Menge Geld, das müssen wir richtig anlegen.«
»Aber wie? Dreihundertachtzehn Mark!« seufzte Fritz' Vater. »Ich weiß nicht, was ich dafür kaufen soll.«
»Ist ja auch nicht nötig. Wir bringen das Geld zur Bank.«
Da sah er mich ganz überrascht an: »Aber das geht doch nicht! So 'ne Bank ist doch nur für reiche Leute, aber doch nicht für 'n einfachen Mann!«

Ich erklärte ihm, wie das bei einer Bank zugeht. Er konnte das gar nicht begreifen, hatte wahrhaftig noch nie von einer Bank gehört. Am nächsten Tag gingen wir gemeinsam hin. Ich richtete ihm ein Sperrkonto ein. Er war ungeheuer stolz. Er wußte gar nicht, was ein Sperrkonto ist und daß er vorerst nicht wieder an das Geld kann. Aber er hatte jetzt ein Konto, ein richtiges Konto und Geld auf der Bank; er war nicht mehr irgendeiner aus den Baracken; er war Kontoinhaber.
Ich hätte nie geglaubt, daß eine so unscheinbare Sache einen Menschen derart verwandeln kann. Das Konto war hinfort der Mittelpunkt seines Lebens. Es kam regelmäßig neues Geld hinzu, nicht viel, und so ist es bis heute geblieben. Im stillen habe ich mich gewundert, daß Helfen so einfach ist.
In den Baracken hat jede Familie nur ein Zimmer. Niemand hat einen Platz für sich; alles spielt sich vor den Augen aller ab. Es gibt keine Kinderwelt, keine Märchenwelt, nichts Schönes, nichts Edles. Und dann redet man von gleichen Chancen für alle!
Jetzt haben wir also diese Garage. Es wird ein Tagesheim werden, ein Ort, an dem sie spielen und ihre Schularbeiten machen können, ein Stück trockenes Land, auf das sie sich aus dem Barakkensumpf retten können.
Ich werde nicht in Wohltätigkeit machen, aber ich werde sie wie Häuserkinder behandeln. Darauf warten sie.
Natürlich brauche ich Hilfe. Ich bin kein Fachmann. Wenn ich den Fachleuten erzähle, was ich will, dann werden sie herablassend sagen: Jugendliche Verstiegenheit, Schwärmerei! Ich muß mich an die Nichtfachleute wenden und ihnen sagen, daß sie gebraucht werden und helfen sollen. Dann werden sie helfen. Die große Garage besteht nur aus drei unverputzten Wänden und einem löcherigen Dach. Wenn Kinder darin fröhlich sein sollen, dann muß noch viel geschehen. Aber das Nötige wird bald geschehen.

8 Hans Lange, 18 Jahre, kaufmännischer Lehrling
5. Oktober

Hecht tut so, als wären wir Freunde. Dieser Anfänger! Daran fehlt aber doch wohl noch eine Menge. Aber seine Frage hat mich verblüfft. Ich gestehe, ich wurde einen Augenblick unsicher. Aber er merkte nichts. Das wär' mir auch höchst peinlich gewesen. Schließlich besteht doch ein zu großer Unterschied zwischen uns. Als Autoschlosser ist noch keiner gesellschaftsfähig geworden. Seine Mutter ist 'ne arme Witwe. Na ja, jeder nach seinem Verdienst. Aber immerhin, einen Autoschlosser kann ich vielleicht mal gebrauchen, darum habe ich mir nichts anmerken lassen.
Es fing so an. Hecht starrte auf den großen Ring an meiner Hand. Er sagte: »Du hast da 'n tollen Ring. Hätte auch gerne einen. Was hat er gekostet?«
Ich dachte: Freundchen, was singst du da für ein merkwürdiges Lied? und antwortete gleichgültig: »'n paar tausend Mark.« —
»So«, sagte Hecht, »'n paar tausend Mark... Kann ich ihn mal sehen?«
Schon nahm er meine Hand und beäugte den Ring. Mir war das unangenehm. Er hatte feuchte, ungewaschene Hände. Ich war froh, daß die Hester nicht vorbeikam und mich sah.
»Hm«, sagte Hecht, »der andere hat einen Stein, der blitzt mehr.«
Ich wurde hellwach. »Welcher andere?« fragte ich schnell.
Hecht sah mich kurz an: »Ein Bekannter hat sich einen mit einem Brillanten gekauft. Möchte auch einen haben, verstehe aber nichts davon. Darum frage ich. Du verstehst doch 'ne Menge davon.«
Er sah mich einen Augenblick an wie ein Fuchs, so verschlagen: »Sag mal, gibt es Ringe, die so wertvoll sind, daß man für einen ein Auto kriegt?«
»Natürlich«, sagte ich, »es gibt Ringe, dafür kriegst du nicht nur ein Auto, sondern drei und vier. Aber mach dir keine Sorgen, die

sind nicht für dich. Ich habe kürzlich noch einen Ring verschenkt, der war gut fünftausend wert.«
Ich wollte sagen: verloren, aber ich sagte verschenkt.
Das muß ihm mächtig imponiert haben, doch er ließ sich nichts anmerken, sondern sagte nur: »So, fünftausend... dann kann es stimmen.«
»Was kann stimmen?« fragte ich schnell und mußte an den verlorenen Ring denken.
»Na ja, daß man für einen Ring ein Auto kriegt.«
So quatschte Hecht. Der und Ringe! Man braucht nur seine Hände anzusehen: abgebrochene Fingernägel, pechschwarze Trauerränder. Da paßt höchstens ein Heftpflaster dran. Dieser Lederjackenheini! Kommt sich wer weiß wie vor mit seiner Mopedbande! Durch die Gegend brausen, viel Wind machen, die Leute anpöbeln — mehr bringen sie nicht fertig. Primitiver Haufen, können bestenfalls mal ein Auto knacken, auch das machen sie stümperhaft. Zu 'ner großen Sache fehlt Hecht der Grips.
So im Weggehen sagte ich dann noch: »Übrigens schenkt mir mein alter Herr morgen einen Sportwagen. Den kannst du hin und wieder mal nachsehen!«
Er tat, als ob ihm das nicht imponierte, und grinste unverschämt: »Gerne! Du verstehst was von Ringen, und ich versteh' was von Autos. Vielleicht können wir uns öfter aushelfen.«
So ein Eckensteher! Große Schnauze und nichts dahinter! Aber ich hielt den Mund und machte ein freundliches Gesicht. Mir ist, als brauche ich ihn noch mal.
Wo bloß mein Ring geblieben sein mag? Ich glaube doch nicht, daß der Ranefeld ihn hat; er liegt sicher im Kanalisationsschacht. Wer weiß, wofür das gut ist! Er war ziemlich auffällig. Zum Teufel damit!
Die Hester stellt sich an wie die Unschuld vom Lande. Aber mich für dumm verkaufen, das geht ja wohl nicht. Sie weiß, daß ich verrückt nach ihr bin, sie will mich schmoren lassen. Ist natürlich durchschaut. Neulich hab' ich sie auf der Straße angehauen, hatte

sogar Herzklopfen dabei, aber sie hat das nicht bemerkt. Ich habe ihr gesagt, daß ich einen Wagen kriege.
»Natürlich, der fehlt Ihnen noch«, sagte sie. Sie hat das gleich erkannt. Ein Auto wirkt immer bei Leuten, die aus kleinen Verhältnissen kommen wie die Hester. Sie sind ja nicht gewöhnt, mit Reichtum umzugehen.
Aber als ich sagte: »Sie können dann mal mit mir ausfahren«, da erklärte sie doch wahrhaftig: »Am Autofahren liegt mir nichts, ich gehe lieber zu Fuß!«
Alles Tarnung. Lehr mich einer die Weiber kennen! Hans Lange und keinen Erfolg haben, wo gibt es denn das?
Jetzt arbeitet sie in der Werbeabteilung. Paßt mir ganz und gar nicht, schon weil seit gestern der Flüchtling da ist, dieser Klaus Müller. Schleichen sich überall rein. Mich lassen sie hier am Schreibtisch in der dunkelsten Ecke sitzen und die langweiligste Arbeit machen, aber der Herr Flüchtling kommt gleich in die Werbeabteilung! Als ob der mehr könnte als ich! Hat das Abitur. Als ob das schon was wär', das Abitur! Wenn ich den Lehrern hinten reingekrochen wäre wie die andern, dann hätt' ich es auch! Aber weil ich das nicht tat, haben sie mich von der Penne geschmissen. Ist ja weiter nicht schlimm, ich war noch froh dazu! Der Alte hat zwar aufgemuckt, aber die alte Dame war vernünftig.
»Er soll tun, was ihm Spaß macht«, erklärte sie. »Warum soll er sich auf der Schule plagen? Du hast da altmodische Ansichten, Hans-Georg. Die heutige Zeit ist nun mal anders, und die heutige Jugend auch. Später kann er mit der ganzen Weisheit nichts anfangen. Er erbt doch alles; wozu also die Schinderei?«
Mein Alter hat sich dann auf dieser dämlichen Lehre festgehakt.
»Du mußt einen Beruf erlernen«, sagte er.
Nur immer reden lassen! Ich mache doch, was ich will. Aber auf keinen Fall die Prüfung. Er wird sich schon damit abfinden.
Die alte Dame weiß ihn zu nehmen. Als er ›Sportwagen‹ hörte, brüllte er sein altbekanntes ›Werd mal erst was!‹ Dann redete sie

drei Tage auf ihn ein, da hat er schließlich eingewilligt. Bei der Firma Jung können sie mich behandeln, wie sie wollen; übermorgen werden ihnen die Augen aus dem Kopf quellen, wenn ich mit offenem Verdeck davonbrause, und sie müssen sich in die Straßenbahn quetschen!
Aber der Müller, dieser Musterschüler, paßt mir nicht. Verdammter Schleicher! Warum ist er nicht geblieben, wo er herkommt? Soll bloß die Finger von der Hester lassen! Und überhaupt: Er soll mir aus dem Wege gehen. Man muß ihm mißtrauen. Solchen Strebern muß man immer mißtrauen.
Ich habe die Zeitung gelesen, sie war voll davon. Doppelspaltiger Bericht. Es gibt eben Burschen, die können mehr, als nur Brot essen. Wenn die wüßten!
Mir ist immer noch nicht klar, warum sich Hecht auf einmal für Ringe interessiert. Wie kam er darauf? Steckt was dahinter, hat er den verlorenen? Hängt es mit Ranefeld zusammen? Und dann die Gedankenverbindung: Können Ringe so wertvoll sein, daß man ein Auto dafür kriegen kann?
Zur Hölle mit dem Lederjackenheini! Soll mir von der Pelle bleiben, sollen mir alle von der Pelle bleiben! Sie müssen doch begreifen, daß ich keiner aus dem Dutzend bin.

Einen Bart müßte ich haben. Schade, daß meiner nicht richtig wachsen will. Aber rasieren muß ich mich jetzt schon jeden zweiten Tag, und wenn ich mit der Hand über das Kinn fahre, dann knistert es richtig. Ob es jedoch zu einem richtigen Bart langt, ist fraglich. Aber es gibt doch Haarwuchsmittel, damit sollte ich es mal versuchen. Kohl wächst ja auch besser, wenn er gedüngt wird. Zu meiner Figur würde ein Bart ausgezeichnet passen. Ich habe schwarzes Haar, das wirkt dämonisch. Mit einem Bart könnte mich niemand übersehen. Ich weiß ja, wie es mir geht: Ich sehe jedem Bart nach, der mir begegnet. Sowas paßt natürlich nicht zu jedem. Der Glatzkopf sähe damit wie eine Witzblattfigur aus, und der Meier paßte an jede Drehorgel.

Ich werde mir sofort ein Haarwuchsmittel kaufen. Die Hester wird hin sein.

9 *Peter Ranefeld, 18 Jahre, Schweißer*
7. Oktober

Zu Hause hielt ich es nicht mehr aus. Der ganz Alte sagte: »Ob die neue Feldscheune wohl noch steht?«
»Glaube ich nicht«, darauf mein Alter, »ist sicher abgebrannt. Vielleicht ist der ganze Hof abgebrannt.«
Dann der ganz Alte: »Ob es wohl noch lange dauert, bis wir wieder hinkommen? Ich möchte auf unserem Hofe sterben.«
»Lange kann es bestimmt nicht mehr dauern. Auf der Tagung unserer Landsmannschaft hieß es, wir kämen bald zurück.«
»Wenn es nur nicht zu lange dauert! Ich möchte wirklich nicht unter fremden Leuten sterben.«
»Aber das Feld am Bach«, sagte mein Alter, »das kann der Geißler jetzt kriegen. Er wollte es ja immer haben, weil es doch zwischen seinen Feldern liegt.«
Da ging der ganz Alte hoch: »Daß du mir nicht das Feld am Bach weggibst! Das wäre ja noch schöner! Schon sein Urgroßvater wollte es haben. Und was der nicht gekriegt hat, darf sein Enkel auch nicht kriegen. Was die Ranefelds besitzen, das halten sie fest. Ach, ich sehe schon, wenn ich mal nicht mehr bin, geht der ganze schöne Hof zum Teufel!«
Da hielt ich es nicht mehr aus und bin gegangen. Mich fragen sie nicht, ob ich auf ihren Hof will. Sie können allein gehen. Ich bleibe hier, ich will kein Bauer sein. In der Stadt lebt man hundertmal besser als auf einem Hof. Nein, danke! Mutter sagt selber, sie hätte es nie so gut gehabt wie hier. Was weiß ich schon von dem Hof! Und überhaupt, die Ostgebiete kriegen wir doch

nicht wieder. Vielleicht mal durch einen Krieg. Aber dabei gehen wir wahrscheinlich alle drauf, und was nützen uns dann die Ostgebiete noch? Man darf nicht zurückdenken, man muß immer vorwärts denken.
Ist schön milde heute abend. Ich könnte laufen wie ein Pferd, aus reiner Freude an der Bewegung. Ich habe das manchmal. Dann ist jeder Schritt eine Lust, jede Bewegung; dann ist es schön, wenn ich mich bis zum Schweißausbruch anstrengen kann. Das wäre überhaupt die Sache: sich für irgend etwas anstrengen zu können. Ich meine nicht nur körperlich, sondern so mit dem ganzen Herzen. Mir hat bis jetzt nichts wirkliche Schwierigkeiten gemacht.
Die Volksschule – na, die ging so nebenher. Waren immer fünfzig oder sechzig Kinder in einer Klasse, da konnte sich der Lehrer um keinen kümmern. Mir fiel das Lernen leicht, ich brauchte mich nicht anzustrengen.
In der Lehre war es auch so. Was verlangt wurde, habe ich schnell kapiert. Nicht mal vor der Gesellenprüfung habe ich richtigen Bammel gehabt. Ich bestand sie mit ›gut‹. Danach die erste richtige Löhnung. Das war natürlich was — Geld! Inzwischen hab ich mich daran gewöhnt. Ist nichts Besonderes mehr. Ich weiß nun alles, was ich wissen muß. Wenn schwierige Sachen zu machen sind, dann holen sie mich.
Die Lehre ist also aus. Ich brauche nicht mehr zu lernen. Es bleibt mein Leben lang, wie es jetzt ist. Aber das ist ja ... das ist ja schrecklich! Es bleibt mein Leben lang, wie es jetzt ist ... vielleicht fünfzig Jahre! Kein Lernen, keine Aufgabe, kein Ziel ... es geht immer so weiter. Und wenn ich mich mal verheirate und eine Familie gründe, dann geht es mir sogar noch viel, viel schlechter als jetzt!
Hecht hat recht: Fressen, Saufen und Malochen machen das Leben nicht aus! Hecht hat die Bande. Er ist auch ein guter Arbeiter. Ich hörte mal, wie sein Chef ihn über den grünen Klee lobte: fleißig, zuverlässig, tüchtig.

Keiner traut ihm zu, daß er Autos knackt. Alle denken, die Hechtbande sei ein moderner Jungenhaufen, der Spaß an Mopeds hat. Nicht mal seine Mutter weiß das. Aber für ihn ist das mehr. Die Bande ist sein Leben, das Autoknacken seine Bewährung. Ein anderes Ziel kennt er nicht. Wie soll es nur mit ihm weitergehen? Fünfzig Jahre lang Autos knacken, das wird genauso langweilig wie eine andere Sache, die man so lange tun muß; man macht es nachher im Schlaf. Man muß weiterkommen, höher oder tiefer klettern, aber Bewegung!
Sollte Hecht das erkannt haben? Redet er darum von Plänen, hat er darum einen Revolver? Er will, daß ich mitmache ...
Es ist schwer, von allein zu wissen, was richtig ist. —
Übrigens ist es komisch, daß ihn vor einigen Tagen der Ring so durcheinanderbrachte. Der Ring! Jetzt könnte ich ihn gut tragen. Aber ich habe ja den Anzug gewechselt; er steckt noch in der anderen Hose.
Mit dem Ring ist es merkwürdig: Er ist so ein kleines und unwichtiges, ein völlig überflüssiges Ding, aber er beschäftigt mich dauernd. Hätte Lange etwas anderes verloren, einen Schlüsselbund oder ein Taschenmesser, das hätte ich vielleicht liegengelassen oder fortgeworfen. Und Geld hätte ich ihm bestimmt wiedergegeben. Nein, ich hätte es gar nicht aufgehoben, bestimmt nicht! Was ist Geld? Geld habe ich selbst. Aber bei dem Ring war das anders. Mein Fuß zuckte vor, er war weg. Ich hob ihn auf. Ich hatte diesem Fatzken eine Sache abgenommen, mit der er sich immer dicke tat. Hätte Lange Geld verloren, dann wäre das nicht schlimm gewesen; das macht ihm nichts aus. Aber bei dem Ring war das anders. Sein Verlust brachte ihn sofort durcheinander.
Es hat mir Spaß gemacht, ihn suchen zu sehen. Hätte der Flüchtling, der Müller, ihn verloren, dann hätte ich ihn sofort zurückgegeben. Aber dem Lange, diesem Angeber, sollte ich dem etwa den Ring geben? Nie! Er hat alles. Warum hat er alles? Nur weil sein Alter reich ist.

Ein Ring ist ein ganz überflüssiges Ding. Er ist nur zum Stußmachen da. Wer einen Ring hat, dem tut es nicht weh, wenn er keinen mehr hat, ganz und gar nicht! Er kann ihn nicht essen, er wärmt ihn nicht. Ist es etwa gerecht, daß Menschen sich eine so unnütze Sache für viel Geld kaufen können, während es anderen am Nötigsten fehlt?
Ich habe jetzt den Ring, und ich behalte ihn!
Ist das nun Unrecht? Bin ich jetzt vielleicht ein schlechter Mensch?
Was heißt überhaupt ›gut‹ und ›böse‹? Bitte, was heißt das?

Es ist dunkel und still. Drüben liegt die Barackensiedlung. An der Wegegabel steht eine Gestalt.
Wer quatscht mich da an?
Ach, Hecht! Hecht überall, Hecht in allen Gassen!
»Was gibt's, Hering?«
»Hast du dir's überlegt, Ranefeld?«
»Nein, keine Zeit gehabt.«
»Ich verstehe — du willst nicht. Du willst allein bleiben.«
»Vielleicht. — Sag mal, was willst du eigentlich? Du redest groß von ›organisieren‹, aber was du richtig willst, weiß ich immer noch nicht. Was du bis jetzt gemacht hast, das geht ja wohl ohne mich. Autos interessieren mich nicht.«
»Ich weiß. Hast was Besseres. Hast mich ganz schön an der Nase rumgeführt. Aber jetzt, wo ich Bescheid weiß, können wir ja offen miteinander reden. Ich will auch von den Autos weg. Will große Sachen machen, eine Sparkasse oder einen Tresor. Meinetwegen auch Juwelen. Dein Geschäft kann mitlaufen. Aber bares Geld ist besser. Du kannst schweißen, Ranefeld. Du kannst sogar noch 'ne ganze Menge mehr. Ich hätte dir das nie zugetraut, ich gebe es zu. Aber ich habe die Bande, die Organisation. Wir stehen gleich.«
»Du bist verrückt. Ich weiß nicht, wovon du redest. Bleib bei deinen Autos. Da heißt es nachher: Grober Unfug. Aber die anderen Sachen ... Du bist wirklich verrückt!«

»Tu nur so, als wäre ich ein Schuljunge! Setz dich nur nicht aufs hohe Pferd, Ranefeld! Dir werden die Augen schon noch übergehen! Du wirst staunen! Wenn du nicht willst, können wir auch anders reden. Wenn wir schon keine Freunde sein können, dann können wir Feinde sein. Komm mir dann bloß nicht über den Weg, das sage ich dir!«
»Spuck nicht so große Töne, Hering! Auch ein Fischmaul ist nicht groß genug, um jeden Brocken zu schlucken. Und ich bin dir bestimmt zu groß.«
Verfluchter Hund! Jetzt pfeift er... Was hat er bloß vor? Da kommt die ganze Bande! Sie haben mir eine Falle gestellt. Verdammt nochmal! Lilli geht vorauf. Sie umstellen mich.
Ruhig Blut, nur ruhig Blut.
Hecht grinst wie ein Affe. Er ist sich seines Triumphes sicher. Jetzt zieht er seinen Revolver aus der Tasche.
Hecht quatscht: »Unsere Gesellschaft ist ihm nicht fein genug. Er glaubt, er wäre der Größte in der Stadt, weil er die Polizei an der Nase herumführt. Ich will ihm mal zeigen, was es heißt, nicht zu tun, was Hecht will! Gib den Ring her, Ranefeld! Na, los! Wird's bald? Raus mit dem Ring, aber plötzlich!«
Verdammt, er will den Ring! Hecht will den Ring. Daran hätte ich am allerwenigsten gedacht. Gut, daß ich ihn nicht bei mir habe.
Nur Ruhe! Ich muß hier raus. Sie haben Gesichter wie hungrige, böse Ratten, unheimlich böse Gesichter.
»Hör mal, Hecht, den Ring kannst du gerne haben — wenn ich ihn nicht mehr will. Aber jetzt können wir kein Geschäft machen. Wir haben ja auch noch nicht über den Preis gesprochen. Und außerdem habe ich ihn gar nicht bei mir.«
»Halt die Schnauze, Ranefeld! Los, filzt ihn! Nehmt ihm alles ab, was er hat!«
»Rühr mich nicht an! Hecht, ich warne dich, rühr mich nicht an!«
»Mach bloß keine Faxen, Ranefeld, sonst stanz ich dir ein paar Löcher ins Fell!«

Ich trau' ihm zu, daß er schießt. Sie kommen geduckt auf mich zu.
Einer fragt: »Können wir seine Uhr auch nehmen?«
»Natürlich, Läufer. Nimm sie, kannst sie behalten.«
Wenn sie mich anrühren, gibt es ein Unglück! Lilli kommt von vorn. Sie sieht aus wie eine Hexe.
Komm nur, Lilli, komm nur näher, du Räuberbraut! Mach noch einen Schritt!
Wenn mir bloß keiner in den Rücken fällt! Jetzt den Kopf in ihren Bauch! — Sie fliegt gegen Hecht. Die Bande heult auf.
Ich laufe. Der Revolver knallt, einmal . . . zweimal.
Ich laufe . . . jetzt kriege ich die Bewegung, die ich mir vorhin wünschte.
Von denen holt mich keiner ein!
Sie lassen die Mopeds an und denken, mich damit zu kriegen. Aber das geht doch wohl nicht! Mich mit einem Moped jagen? Das ist ein Witz. —
Die Gegend ist hier ziemlich ruhig, aber ich weiß Bescheid. — Links in die Straße! Gleich hinter der Ecke ist ein Toreingang mit allerlei Gerümpel. Vor mir liegt ein Eisenrohr, ich hebe es auf.
Das Eisenrohr ist gut. — Komm, Hecht, komm ran! —
Das ist er schon, die Räuberbraut hintendrauf! So, und jetzt das Rohr vor . . . Rrums. — In das Moped, mitten hinein. Sie überschlagen sich wie die Hasen.
Die Bande knattert drauf, drüber . . . — Massenkarambolage! Und keiner weiß, woher das kam!
So, jetzt leise durch den Hinterhof! Die denken vorerst an keine Ringe und an keine Armbanduhren mehr.
Einer schreit. Wahrhaftig, er schreit nach der Mama! Der Stimme nach ist es derselbe, der vorhin nach meiner Armbanduhr schrie.
So geht das, ihr Lieben! Es hat auch Vorteile, zu Fuß zu gehen.
Alles kam durch den Ring. Er wollte den Ring. Aber was hat er da noch gequatscht von Polizei an der Nase herumführen? Als ob ich was mit der Polizei zu tun hätte!

So eine Bande! Wenn ich den Hecht allein kriege, dann kann er was erleben!

10 *Klaus Müller, 19 Jahre, Abiturient, Flüchtling*
   7. Oktober

Ich verstehe die Gesetze nicht, nach denen das Leben hier funktioniert. Ein Plan, klar und nüchtern, ist zu begreifen; alles hat seinen Platz, nichts ist der Willkür überlassen. Aber hier scheint alles ein Zufallsergebnis zu sein.
Der Gedanke an Dienst und Verantwortung kommt bei keinem auf. Mir scheint, Erfolg wird immer auch als Verdienst gewertet, gleich wie er entsteht. Den Erfolgreichen umgibt die Glorie des Edlen, des Guten, mag er auch mit noch so zweifelhaften moralischen Mitteln arbeiten. Alle seine Handlungen gewinnen hinfort den Glanz des Besonderen. Seine Äußerungen sind Verkündigungen.
Natürlich war der Erfolg zu allen Zeiten die beste Legitimation; daran ist sicherlich nichts auszusetzen. Doch scheint mir, daß jeder Erfolg zweifelhaft wird, wenn er ohne sittliche Zuordnung um seiner selbst willen erstrebt und errungen wird.
Es ist einfach zu erklären, warum ich auf solche Gedanken komme. Ich habe schon am vierten Oktober bei der Firma Jung Arbeit bekommen — im Büro.
Herr Katz, der Werbechef, holte mich vorgestern in seine Abteilung. »Sie sind mein Typ«, sagte er. Man kann mit Katz gut arbeiten. Aber ich kann mich mit seiner maßlos amerikanisierten Sprache noch nicht aussöhnen. Als ich in seiner Gegenwart ›Werbeabteilung‹ sagte, wies er mich sofort zurecht: »›Public relation-Division‹ bitte, jetzt und für alle Zukunft!«
Er war ein halbes Jahr in Amerika. Das hat ihn so begeistert, daß

er wahrscheinlich schon amerikanisch träumt. Sicher hat er drüben viel gelernt, aber was er sichtbar mitgebracht hat, nimmt mich nicht sehr für Amerika ein. Er kaut pausenlos Kaugummi, legt die Füße auf den Schreibtisch, trägt das Hemd offen, sagt ›Hellooh‹ und benutzt zahllose Amerikanismen. Zweifellos ist er tüchtig, doch er betrachtet seine Aufgabe völlig losgelöst von jeder höheren Bindung. Sie ist sein ›Job‹. Es ist ihm ganz gleich, wofür er wirkt. Es könnte sowohl etwas sehr Gutes oder auch sehr Schlechtes sein. Zur Zeit ist es jedenfalls etwas sehr Schlechtes im Sinne des Wortes.

Unsere Firma stellt Strickwaren her und ist auf diesem Gebiet ziemlich führend. Vor einigen Tagen ist folgendes passiert: Eine Riesenpartie Wolle wurde bei der Zurichtung mit einem falschen chemischen Mittel behandelt. Als die erste größere Lieferung Pullover fertig war, stellte man mit Entsetzen fest, daß die Farben nicht hielten. Die Ware wurde auf abenteuerliche Weise scheckig und hing sich aus wie ein Sack. Was eigentlich bis zur Hüfte reichen sollte, hing jetzt über das Gesäß, und die Fingerspitzen verschwanden in den Ärmeln.

Es war die Katastrophe! Zum Glück stellte man den Schaden früh genug fest. Es kam kein Stück zur Auslieferung, und die ganze Pleite wurde als Betriebsgeheimnis streng gehütet. Man war drauf und dran, die ganze Wolle und alle Pullover zu verbrennen. Der Chef tobte, der Führungsstab rannte wie ein aufgeschrecktes Ameisenvolk durcheinander. Die Firma steht zwar gut, aber das war doch zuviel des Schlechten. Dieser ratlosen Versammlung empfahl sich nun Herr Katz völlig überraschend als wunderkundiger Engel.

Er musterte sie durchdringend und erklärte dann auf seine nüchtern kalte Art: »Aber warum denn die Aufregung? Die Pullover verkaufe ich.«

»Verkaufen, Katz?« hat der Chef gebrüllt. »Ich höre immer verkaufen! Sie wollen mich wohl auf den Arm nehmen?«

Herr Katz hat sich nicht ein bißchen beeindrucken lassen und

nur etwas heftiger kauend erwidert: »Verkaufen, Boß, richtig verkaufen. Nicht verschenken, Boß!« Er sagt als einziger ›Boß‹ und geht ziemlich hemdsärmelig mit unserm Chef um.
Die Abteilungsleiter haben ihn dann wie einen Propheten angesehen. Dem Chef hat es die Sprache verschlagen, und schließlich ist er sogar nachdenklich geworden und hat mit einer Stimme, die zwischen Zweifel und Hoffnung schwankte, gefragt: »Sie meinen das im Ernst, Katz? Wirklich verkaufen?«
Der Verkaufsleiter traute der Sache aber nicht, und außerdem kann er Katz nicht leiden. Er sagte sehr selbstsicher und sehr sarkastisch: »Herr Katz besitzt im Land der unbegrenzten Möglichkeiten vielleicht Verbindungen zu einem Indianerstamm, der seine Öltantiemen gut anlegen will. Ich habe jedenfalls keine Kundschaft für den Mist.« Der letzte Teil seiner Rede war hauptsächlich für den Produktionschef bestimmt, dem er auch nicht grün ist und auf dem letzten Endes die ganze Geschichte hängen bleibt.
Katz ließ sich aber gar nicht darauf ein und begann auf seine Art zu dozieren: »Betrachten wir die Sache nüchtern, Boß. Jede Ware läßt sich verkaufen. Vielleicht sind im Moment keine Kunden zur Hand; dann muß man sie suchen. Es kann aber auch sein, daß die Kunden der Ansicht sind, sie brauchten unsere Ware nicht; dann muß man ihnen eben klarmachen, daß sie nichts dringender benötigen als gerade diese Pullover.«
Der Chef ist ein Mann von wenigen Worten. Er packte Katz an den Schultern und sagte: »Mensch, Katz, wenn Sie das fertigbringen, dann kriegen Sie sofort fünfhundert Mark mehr!«
»Achthundert, Boß!« erwiderte Katz.
»Einverstanden, Katz, achthundert und einen Sonderurlaub.«
»Und ab sofort eine Erhöhung meines Budgets auf jede benötigte Summe, Boß!«
»Bewilligt. — Mensch, Katz, wenn Sie das fertigbringen!« Die Stimme des Chefs bebte: »Wenn Sie das fertigbringen!«
Kurz und gut, Katz hatte seine Sternenstunde, oder er hielt sie

wenigstens dafür. Ich war dabei, als er im Lager den Berg Pullover besichtigte, der in allen Regenbogenfarben glänzte. Seine Augen leuchteten. Er hatte auf einmal die Aufgabe seines Lebens bekommen. Von der hohen Führung wird er nun behandelt wie ein rohes Ei. Es fehlt nicht mehr viel, und sie gehen auf Zehenspitzen an seinem Büro vorbei. Er brauchte wohl jemanden, vor dem er in aller Ruhe seine Gedanken formulieren konnte, darum hielt er mir einen Vortrag. Aber in Wirklichkeit sprach er zu sich selbst: »Also passen Sie mal auf, mein lieber Müller. Die Pullover sind der letzte Mist. So scheint es wenigstens heute noch. Aber morgen schon können sie der letzte Schrei sein, das Tollste, das Begehrenswerteste, was ein Teenager sich wünschen kann. Wenn Sie heute einem Halbstarken ohne Vorbereitung so ein Ding zeigen, dann wird er einen Lachkrampf kriegen, aber morgen, wenn wir ihm genug eingehämmert haben, daß es das Schickste vom Schicken, die geniale Idee des berühmten Modeschöpfers X ist, daß der Filmstar Y es trägt, daß der moderne junge Mensch sich am besten demonstrieren kann, wenn er unseren Pullover trägt, der neu, revolutionär, aus dem Lebensgefühl unserer technischen Zeit heraus entstanden ist, kurz: wenn wir ihm eingehämmert haben, daß man ihn trägt, daß man ihn tragen muß, dann werden sie ihn kaufen, dann wird man ihn uns aus den Händen reißen. Der Verkaufsleiter ist ein Trottel. ›Zu herabgesetzten Preisen‹, sagte er! Wie so ein Mensch Verkaufsleiter werden konnte. Wir werden die Preise heraufsetzen! Diese Pullover sind nicht für Hinz und Kunz bestimmt, sie sind für die Elite, die Ausnahmemenschen da — wenigstens im Anfang; später kriegen sie die andern zu herabgesetzten Preisen. Irgend jemand hat das Wort vom Jahrhundert des Kindes geprägt. Er hat das nicht richtig formuliert, er hätte ›Jahrhundert der Jugend‹ sagen müssen. Ein Kind ist etwas, für das die Mutti einkauft, aber die Jugend ist schon emanzipiert; sie fühlt sich frei. In den Händen eines richtigen Public-relation-Managers ist sie reines Wachs. Die Jugend kauft schon selbst. Der Jugend kann man verkaufen, was man will. Sie ist ja so herrlich dumm und unerfahren; sie merkt gar nicht, daß sie Befehlen gehorcht, die wir ihr in hypnotischer Weise geben. Sie weiß nicht, daß sie freier wäre, wenn sie nicht so frei wäre. Man kann Millionen mit ihr verdienen. Das ist wichtig! Sie lockt zum Experiment heraus. Machen wir ein Experiment mit ihr! Wir werden der Jugend darum befehlen, unseren einmaligen Pullover zu kaufen, und sie wird ihn kaufen! – Mein lieber Müller, die Pullover sind unser Glücksfall. Eine gute Sache zu propagieren, ist nicht schwer – das heißt, nicht besonders schwer, denn mitunter ist auch das schwierig. Doch eine schlechte, eine miserable Sache als Markenartikel zu verkaufen, das will was heißen, daran zeigt sich der clevere Mann! Sie haben Glück, daß Sie diese Zeit miterleben dürfen!«

Ich wagte einen schüchternen Einwand: »Werden die Kunden denn nicht merken, daß sie hereingefallen sind?«

Herr Katz schüttelte traurig den Kopf: »Mein lieber Freund, ein Mensch, der bereit ist, solch einen Pullover zu kaufen, wird niemals zugeben, daß er nicht damit zufrieden ist. Auch die Snobs, oder jene, die es um jeden Preis sein wollen, leben nach harten Grundsätzen.

Nein, von dieser Seite droht keine Gefahr. Ich habe sogar das Gefühl, daß unsere Pullover genau das Richtige sind. Bewußt hätte sich kein Mensch an die creation solcher Ungetüme herangemacht, aber jetzt sind sie da. Wir werden ihnen einen Namen geben, einen zugkräftigen, modernen Namen, der in den Kunden unterschwellig das Gefühl wachruft, einem kleinen Kreis von Pionieren des supermodern high life anzugehören. Wir müssen ihre Sehnsucht nach Extravaganz ebenso kitzeln wie ihr Gefühl, daß alles, was nicht den Mut hat, unsere Pullover zu tragen, dumm, altväterlich und spießig ist. Diese Gefühlslage muß durch den Namen angesprochen werden. Der richtige Name ist für einen Artikel alles.«

Herr Katz sprang plötzlich auf, zündete sich mit zitternden Hän-

den eine Zigarette an und keuchte: »Ich hab's, Müller, ich habe den Namen — ›Astronaulo‹!«
Er wiederholte und betonte jede Silbe: »As-tro-nau-lo. — Mensch, Müller, die Pullover sind verkauft, alle! Wir müssen von der gleichen Sorte neue machen — falls wir das können.
Jeder kauft Astronaulo!
Der Herr trägt Astronaulo!
Astronaulo, das Kleidungsstück unserer Zeit!
Astronaulo, der einzige Pullover, der nach der Farbenschau der Astronauten gestaltet wurde!
Der Astronaut von morgen trägt heute Astronaulo!
Astronaulo, der Pullover für harte Männer!
Das Kleidungsstück der progressiven Twens heißt Astronaulo!
Männer von Welt tragen Astronaulo!«
Herr Katz geriet geradezu in Ekstase. Es fielen ihm immer neue Werbeslogans ein. Von Stund an verwandelte sich unsere Abteilung in das Hauptquartier einer Armee vor dem entscheidenden Angriff. Fotografen und Grafiker machten sich breit.
Herr Katz hatte zeitweilig an jedem Ohr einen Telefonhörer. Kinowerbung, Zeitungsinserate, Plakate, und vor allem Fernsehreklame! Ich bin gespannt, ob wir die Dinger loswerden, doch muß ich gestehen, daß Herr Katz meine Überzeugung, sie seien unverkäuflich, allmählich ins Wanken bringt.
Die ganze Geschichte wird spannend wie ein Kriminalroman. Für die Fotografen durfte Hans Lange als Vorführmodell posieren. Mir gegenüber begründete Herr Katz diese Wahl so: »Der Lange hat ein vollkommen genormtes, blasiertes, dummes, aber irgendwie doch hübsches Dandygesicht, sozusagen ein Filmgesicht ohne Eigenschaft. Er paßt in unseren Astronaulo, als wäre er für ihn bestellt. Wir werden ihn als den jungen Mann unserer Zeit vorstellen — als den jungen, gepflegten Herrn unserer Zeit. Das ist besser.«
Lange hatte den Astronaulo bisher noch nicht gesehen. Er wußte wohl gar nicht, um was es sich handelte, als Herr Katz ihn rufen

ließ. Herr Katz ritt ihn dann warm, wie er das zu nennen pflegt. Er ließ ihn in unser Atelier kommen, in dem die Fotografen und Zeichner schon warteten, und sagte: »Herr Lange, ich habe für Sie eine besondere Aufgabe. Wir bringen einen neuen, supermodernen, revolutionären Pullover heraus, den wir der Öffentlichkeit vorstellen müssen. Es ist schwierig, einen jungen, attraktiven Mann zu finden, der unsere moderne Jugend in jeder Hinsicht verkörpert. Insbesondere muß er blendend aussehen, auf Frauen wirken, intelligent sein; ich habe mich daher für Sie entschieden. Würden Sie nun bereit sein, unseren Astronaulo der Öffentlichkeit vorzustellen, mit Ihrem Bild im Film, in Zeitungen und auf Plakaten zu werben?«
Lange strahlte über das ganze Gesicht. Er sah mich triumphierend an. Obgleich ich damit rechnete, daß er beim Anblick seines Spiegelbildes entsetzt sein würde, war das völlige Gegenteil der Fall. Herr Katz ließ seine Stimmung wie vor Rührung zittern, als er sagte: »Mein lieber Freund, sind Sie sich darüber im klaren, daß Sie der Mittelpunkt eines historischen Augenblickes sind? Sie tragen zum erstenmal für die Augen der Öffentlichkeit den berühmten Astronaulo. Ich finde, Sie sehen wunderbar aus!«
Lange strahlte wie ein Weihnachtsbaum. Er musterte sein Spiegelbild von allen Seiten mit geradezu abstoßend eitler Selbstgefälligkeit. Der Astronaulo hing ihm wie ein nasser Sack traurig verzogen bis fast zu den Knien. Seine Farben erinnerten an einen Ölfleck im Sonnenlicht, und die Ärmel mußte Herr Katz bis zu den Ellenbogen zurückschlagen. Er begleitete diese Tätigkeit mit dem Hinweis, daß das endlich mal ein vernünftiger Ärmel sei. Ärmel gäben normalerweise für die Modegestaltung zu wenig her; man könne sie nur normal, kurz oder mittellang machen, aber dann sei es schon aus. Doch auf die Idee, einen doppelt so langen Ärmel anzufertigen, sei bisher noch keiner gekommen.
Ich konnte gar nicht mehr hinsehen. Herr Katz sah Lange begeistert an. »So, und jetzt um den Hals einen langen schwarzen Schal!« sagte er dann. »Meine Herren, Sie können anfangen!«

Lange war wie verwandelt. Die Fotografen ließen ihn trinken, rauchen, gehen, stehen, sitzen, liegen; er mußte den Arm so halten, daß sein Armband gut zu sehen war, er mußte mit und ohne Hut posieren, und vor allem mußte er immer strahlen, strahlen, strahlen ...
»Sie haben so herrliche Zähne«, sagte Herr Katz, »zeigen Sie sie doch!«
Herr Katz war mit Lange so zufrieden, daß er zum Schluß erklärte: »Den Astronaulo dürfen Sie behalten als Honorar und als Erinnerung an diese denkwürdige Stunde.«
Soweit ist die Geschichte also gediehen. Ich muß zugeben, daß ich recht eifrig bei der Eroberung der Käuferfestung mitkämpfe. Ethik, Moral?
»Das ist alles kalter Kaffee!« sagt Herr Katz. »Ersetzen Sie das ganze vermoderte barocke Wortgerassel durch ›Job‹ und ›Erfolg‹. Das ist das ganze Geheimnis der modernen Prospektlyrik. Unser Stolz besteht darin, auch einen Dreck zu einem Markenartikel machen zu können und zu wissen, daß wir die wahren Könige sind. Ist das keine schöpferische Leistung? Aber nur Geduld, Sie werden es schon lernen! Sie bringen die richtige Dosis Skepsis mit.«
Aber eine Niederlage hat Herr Katz doch einstecken müssen. Er wünschte, daß Karin Hester für den Astronauli werben möge, denn das für die Damenwelt bestimmte Gegenstück unseres Astronaulo wurde mit der Endsilbe ›li‹ versehen. Katz war davon überzeugt, daß sie glücklich sein würde. Er kannte sie zu wenig.
Karin Hester sagte: »Nein.«
Katz war ganz verblüfft. »Begreifen Sie denn, was Sie da ausschlagen, Fräulein Hester?«
»Ja«, sagte sie kühl, »die Ehre, in einem Fastnachtskostüm fotografiert zu werden, Herr Katz. Aber erstens haben wir noch keine Fastnacht, und zweitens liegt mir nichts daran.«
Ich war glücklich! Dabei hatte Herr Katz wenige Minuten zuvor noch gesagt: »Wissen Sie, Müller, bei der Seelenmassage machen die Weiber weniger Schwierigkeiten als die Männer, das heißt, sie

55

machen überhaupt keine. Einer Frau können Sie verkaufen, was Sie wollen; Frauen nehmen alles, was Sie ihnen befehlen, und sie sind noch der erstaunlichen Meinung, sie wählten aus freiem Entschluß dieses oder jenes, aber sie besitzen nur eine Scheinfreiheit, die man in Wirklichkeit gar nicht so bezeichnen kann. Sie liegen an unserer Kette wie Hunde. Am Beispiel der Schuhmode läßt sich das leicht erläutern. Was man Frauenfüßen zumuten kann, geht über das Begreifbare. Wir befehlen: breite Schuhe, breiter Absatz — sie beten den Vers inbrünstig nach. Wir befehlen: spitze Schuhe, Bleistiftabsatz — sie finden sie ›süß‹, ungeachtet der zerstanzten Fußböden, der Hühneraugen und sonstigen Beschwernisse. Und um uns einen Spaß zu machen, sagen wir: Trapezschuh, lang wie ein Unterarm, die Spitze mit Watte ausgestopft — sie schreien: bezaubernd! und sehen mit Verachtung auf die Trägerinnen der Schuhe von gestern.

Mein lieber Müller, Augen auf! Das ist wichtig für einen Publicrelation-man. Um bei den Schuhen zu bleiben: Wenn wir ihnen morgen einsuggerieren, daß an den hochgezogenen Spitzen Kuhglocken befestigt werden müssen, dann werden sie wieder ›süß‹ rufen und es als Zeichen eines ausgeprägten Individualismus ansehen, wenn sie zwischen einer kleinen Glocke und einer großen wählen dürfen.

Unser Beruf ist noch jung, aber unsere Methoden werden täglich verbessert. Wir entdecken immer neue Mittel der Beeinflussung. Eines Tages werden wir so weit sein, daß wir der planenden und überwachenden Funktion des Staatsapparates entraten können. Dann wird alles wie am Schnürchen laufen. Rein optisch herrscht die totale Freiheit; keine staatliche Willkür, keine Verbote, keine Polizei. Die Menschen werden tun, was wir ihnen nach genau festgelegtem Plan befehlen und werden noch den Eindruck haben, in völliger Unabhängigkeit zu handeln.«

Soweit Herr Katz. Er sagt das alles natürlich viel komplizierter, als ich es wiedergeben kann, und mit zahllosen ›Wells‹, ›Okays‹ und anderen Amerikanismen durchsetzt. Er mußte aufhören,

weil der Chef sich nach seinen Astronaulos erkundigte. Wenn Katz der Verkauf der Pullover gelingt, dann sind auch seine Zukunftsvisionen möglich.
Und die Freiheit? Fragen über Fragen, und es ist niemand da, den man fragen kann. Es gibt keine Persönlichkeit mehr, die ihre Autorität nicht aus der Berufsfunktion, sondern aus der Qualität des Charakters bezieht. Ich meine natürlich: Es gibt sie schon, aber ich kenne keine. Herr Katz schenkt mir zwar sein Wohlwollen, aber seine Denkweise ist so ausschließlich auf seine Arbeit bezogen und so verstandesmäßig unterkühlt, daß er mir zuweilen unheimlich wird. Aber vielleicht ist gerade er der typische Repräsentant unserer Zeit, und man sollte sich an ihn halten.
Es ist besser, an Karin Hester zu denken. Der Zufall wollte es, daß wir beide in der kleinen Werbeabteilung arbeiten. Ich glaube, ich habe ihr mit Lange unrecht getan; sie hat nichts mit ihm. Wahrscheinlich mag sie ihn nicht einmal als Mensch. Mitunter scheint es mir, als würde die Atmosphäre erst durch sie mit menschlicher Wärme versetzt. Sie ist ein großartiger Kerl, von einer natürlichen Herzlichkeit und Klugheit, die ihr überall Sympathien gewinnen. Ich bin über jede Minute glücklich, die ich in ihrer Nähe sein kann. Seitdem sie sich geweigert hat, in unserem Astronauli zu posieren, ist sie mir doppelt liebgeworden. Wenn ich nur wüßte, ob ich ihr sympathisch bin. Ich sehe bestimmt nicht gut aus. Es fehlt mir an Geschick, mich elegant zu kleiden; ich habe wohl auch nicht den Wunsch dazu. Sie hingegen ist immer einfach, aber mit sicherem Geschmack angezogen. Auf sie trifft jedenfalls nicht zu, was Herr Katz von den Frauen behauptet! Mir scheint, sie hat schon sehr eigene Vorstellungen, und einem Illustriertenideal strebt sie bestimmt nicht nach. — Ob ich es wohl wagen kann, sie ins Kino einzuladen oder zu einer Tasse Kaffee? —

11 Fritz Hecht, 17½ Jahre, Autoschlosser
8. Oktober

Ich möchte jetzt was kaputtschlagen.
Irgend etwas; mir ist ganz verdammt danach zumute!
Dieser Ranefeld, dieses Schwein!
Wie er uns entwischt ist, das kann ich nicht kapieren. Verflucht, ich darf nicht daran denken!
Gleich hau ich die verdammten Automaten von der Wand!
Groschen rein und laufen lassen!
Geh woanders hin, Kollege, mit diesem Automaten spiele ich!
Groschen rein, bremsen. – Nichts, wieder nichts. Alles Tinneff!
Groschen rein und laufen lassen ...
Hätte ich den Hund bloß umgelegt! Aber mit dem Revolver bin ich betrogen. So ein Mistding. Das schießt, wohin es will. Eine Kugel traf doch Pickelgesichts Mopedlampe. Dafür hat er auch noch ein Protokoll gekriegt. Geht alles auf Ranefelds Rechnung!
Groschen rein ... laufen lassen!
Möchte bloß wissen, wieso die im Film immer so prima treffen: Kanone raus – bums! Und schon kippt einer um. Einmal sah ich, wie eine Uhr hochgeworfen wurde, und dann schossen zwei abwechselnd auf die Uhr, immer von rechts und von links. Die Uhr kam erst runter, als die Revolver leergeschossen waren. Aber mit meinem Mistding trifft man nichts. Ich muß eine bessere Kanone haben.
Groschen rein ... laufen lassen!
Das Bremsen hat heute keinen Zweck, ich mache alles verkehrt. Das kommt von der Wut.
Aber wie es kam, daß ich auf einmal auf die Schnauze flog, kann ich nicht begreifen. Ich habe mir die ganze Fresse poliert, das Moped ist verbogen. Und die andern erst! Der Läufer hat den Fuß in Gips. Kommt alles auf das Konto Ranefeld.
Groschen rein und laufen lassen!

Ranefeld ist gefährlich. Ich darf ihm nicht allein begegnen. Ich muß immer Leute bei mir haben. Verdammter Hund! Ein bißchen beneide ich ihn. Macht das ganz allein! Und ich denke, der Schaufensterschreck ist ein anderer. Und nun ist es dieser Ranefeld! Schleicht des Abends herum wie ein Wolf und geht am Tage brav zur Arbeit, spielt den feinen Mann, säuft nicht, hat keine Weiber, macht sich nichts aus Autos. So ein verlogener Hund! Dabei macht er alle seine Fischzüge mit Autos. Knackt einen Wagen, fährt vor, haut die Scheibe ein und verschwindet. Blödsinnig einfache Sache! Warum mache ich das nicht? Ich muß mich vor ihm in acht nehmen.
Groschen rein und laufen lassen!
Was macht er bloß mit dem vielen Geld, das er für die Ringe und das andere Zeug kriegt? Das sind ja Hunderttausende, das sind ja bald hundert Autos — die schönsten Autos! Und dabei geht er zu Fuß.
So ein raffinierter Hund! Aber ich will nicht zu Fuß gehen, ich will ein Auto. Warum gibt er mir seinen Ring nicht, wo er doch genug von den dämlichen Dingern hat? Für den Ring kriege ich ein Auto.
Groschen rein und laufen lassen! —
Ich gewinne heute überhaupt nicht. Es ist reiner Betrug. Daß so was erlaubt ist! Man schmeißt sein Geld rein und kriegt nichts wieder. Und die Polizei läßt das zu!
Groschen rein... laufen lassen... in alle vier Apparate.
Glückt mir denn gar nichts mehr?
Der Ranefeld hat schuld. Der Ranefeld ist berühmt. Er steht in allen Zeitungen. Seine Taten werden genau beschrieben. Von mir schreibt keiner. Autos knacken macht ja heute jeder. Aber sonst rechnen sie mich gar nicht. Sie sollen aber! Ich will auch in die Zeitung kommen. Wer nicht in die Zeitung kommt, ist nichts. Wenn die Hester, diese eingebildete Ziege, weiß, daß ich in der Zeitung stehe, dann guckt sie mich vielleicht auch mal an. — Wenn die mir mal im Dunkeln begegnet, dann kann sie was er-

leben! Dann kann sie schreien, wie sie will, dann ist sie geliefert!
Gestern abend ging sie doch mit dem Flüchtling ins Kino. Sah mich nicht an, sah nur ihren Heini an.
Die letzten fünf Groschen rein ... laufen lassen ... laufen lassen.
Da kommt die Bande!
Das ist doch was ... Die Bande!
Wenn ich jetzt wieder nichts gewinne, dann gibt es Rabatz.
Hoffentlich gewinne ich nicht.
Der erste Kasten bringt nichts ...
der zweite auch nicht ...
der dritte nicht ...
und der vierte natürlich auch nichts. Gott sei Dank!
»He, Lilli, Pickelgesicht, Läufer, hierher! Wir machen Rabatz! Wir stellen die Bude auf den Kopf, wir hauen alles zusammen! Da wackeln die Wände, aus den Kästen rollen die Groschen ...«
Alle machen mit, Rabatz ... Runter mit den Kästen, daß die Fetzen fliegen. Die Hechtbande macht Rabatz ... »Pickelgesicht, zeig, daß du ein Maurer bist!«
Gut! Wo Pickelgesicht hinhaut, da wächst kein Gras mehr.

12 *Horst Zintek, genannt Läufer, fast 15 Jahre, Barackenjunge*

9. Oktober

Hecht steht in der Zeitung. Die Groschenzeitung hat sein Bild ganz groß gebracht! Hecht ist berühmt. Wir sind alle berühmt! Die Überschrift ist eine halbe Seite groß: ›Halbstarkenkrawall in der Innenstadt – Spielhalle demoliert!‹
Alle wissen es. Und ich war dabei!
Um ein Haar wär' ich nicht dabeigewesen. Kann ja noch nicht richtig laufen, wegen der Karambolage, als wir den Ranefeld

jagten. Gestern hatte ich so'n Gefühl, als ob was Besonderes los wäre. Darum bin ich hingehinkt. Als ich ankam, waren sie schon mittendrin. Ich habe das Fußballspiel kaputtgehauen. Ich habe es so kaputt gemacht, daß nicht mal der Schrotthändler was dafür gibt. Das war mal 'ne Sache! Das war mal was!
Und nachher auf der Straße, als die Polizeiheinis kamen, da war alles voll Jungen und Mädchen, und Hecht hat geschrien: »Bleibt stehen, sie dürfen uns nichts tun, weil wir minderjährig sind!« Da sind alle stehengeblieben und haben die Polizei ausgelacht. Die Polizei sagte: »Weitergehen, weitergehen!« Aber wir gingen nicht und riefen: »Polizeischweine, geht nach Hause« und so was. Ich fragte Hecht: »Soll ich einen Stein in die Windschutzscheibe von dem Polizeiwagen schmeißen?«
»Prima Idee«, sagte Hecht, »schmeiß sie kaputt!«
Da schmiß ich, und Hecht schrie: »Schmeißt die Kiste um!« Wir hätten sie auch umgeschmissen, wenn nicht noch mehr Polizeiautos gekommen wären. Die feigen Hunde haben dann mit Gummiknüppeln geschlagen. Mich auch. Hat verflucht weh getan, wo wir doch minderjährig sind und sie das nicht dürfen. Aber so ist die Polizei: sofort hauen und einsperren, auch wenn man noch minderjährig ist!
Hecht war große Klasse! Alle taten, was Hecht wollte. Die Polizei hat ihn mitgenommen. Und heute ist sein Bild in der Zeitung. Ich wollte mit Hecht, wollte auch eingesperrt werden, aber sie wollten mich nicht.
Ich will auch werden wie Hecht.
Und dann kamen Reporter, die haben toll fotografiert, die zertepperte Bude und uns. Ich glaube, ich bin auch auf ein Bild gekommen. Ein paar, die Beulen hatten und bluteten, die sagten: »So ist die Polizei! Schreiben Sie das mal in die Zeitung! Wir gingen nur spazieren, da hat sie uns zusammengehauen.«
Und in der Zeitung steht: ›Brutales Vorgehen der Polizei gegen Jugendliche!‹
Ja, sogar die Zeitung schreibt, daß sie so was nicht machen dürfen

mit Jugendlichen, und vielleicht werden sie nachher verurteilt. Hecht sieht toll aus auf dem Bild. Das Haar hängt ihm ins Gesicht, die Lederjacke ist offen, und er grinst. Ist ja allerhand, so auf die erste Seite zu kommen. Da kann er wohl grinsen!
Hecht glückt nun mal alles, was er tut. Nur mit dem Ring, das ging nicht. Der Lump wollte ihn nicht geben. Und entwischt ist er auch noch ...
Ob ich Hecht den Ring nicht besorgen kann?
Aber in das Kaufhaus gehe ich heute nicht mehr. Was meine Mutter sich bloß denkt! Wenn was schiefgeht, kann ich nicht mal richtig laufen, und sie erkennen mich an meinem Verband. Sie kann ja selbst was klauen.

Ich sitze hier in 'ner feinen Kneipe. Ist schön dunkel und riecht gut nach Schnaps und Tabak. Ich gehe jetzt immer hierher. Sehe aus wie sechzehn, sagt Hecht. Aber hier ist es egal, wie alt man aussieht, hier fragt keiner, wie alt man ist.
Es ist ja soweit alles prima, aber eins ist schlimm: Ich kann nicht saufen. Wenn ich saufe, muß ich kotzen. Ich kann nichts vertragen. Es ist ganz verdammt schlimm! Sie nehmen einen ja nicht für voll, wenn man nicht saufen kann! Es ist nichts zu machen, ich muß üben. Es ist wie beim Sport, da muß man ja auch üben. Im Anfang kann man gar nichts, aber nachher kann man es. Wenn man nur tüchtig übt ... Ich übe zuerst noch mit Bier. Es ist ja nicht so einfach, wie man denkt. Es ist ja nicht nur das Saufen; man muß auch richtig saufen. Man lernt es vom Zusehen. Ein Mann, der richtig saufen kann, den kennt man sofort heraus – daran, wie er das Glas hebt, wie er schluckt, wie er sich den Schaum vom Mund wischt, und wie er ›Prost‹ sagt, oder das leere Glas über die Theke schiebt und sagt: »Noch ein Helles!«
Beim Schnapstrinken merkt man noch besser, wer es kann. Manche nippen nur und verziehen das Gesicht. Die trinken nur Schnaps, wenn sie einen spendiert kriegen. Aber der richtige Schnapstrinker, der hebt das Glas, wirft den Kopf nach hinten,

und weg ist er. Und hinterher stöhnt er immer ein bißchen, weil ihm der Schnaps so gut schmeckte. Ja, er schmeckt ihnen. Aber mir schmeckt er nicht...
Ich habe manchmal Angst, daß ich unnormal bin, weil mir Schnaps und Bier nicht schmecken.
Ich muß üben... Wenn ich es nur lerne!
Man ist ja erst ein Mann, wenn man saufen kann.
Ich muß trainieren!
Ein Glas Bier habe ich schon leer. Ob ich mal einen Schnaps versuche? Nein, erst noch ein Bier!
»Noch ein Bier, Herr Wirt!«
Warum schmeckt es den anderen so gut und mir so schlecht? Wenn man einen hätte, den man fragen könnte! Aber man kann ja keinen fragen; man blamiert sich ja! —
Mein Alter kann saufen! In den Baracken kann es keiner so gut wie er. Aber auch den kann ich nicht fragen. Wenn er nüchtern ist, hat er einen Kater; dann geht man ihm am besten aus dem Wege, und wenn er besoffen ist, dann geht es sowieso nicht.
Aber daß ich dann unnormal sein soll, wo er es doch so gut kann, verstehe ich nicht! Wenn ich es nicht lerne, will ich lieber tot sein... Dann lachen sie ja alle über einen! Sogar die feinen Herren saufen... natürlich was Teures... Sekt und Whisky... Whisky muß was ganz Tolles sein. In unserer Lesemappe steht immer: ›Harte Männer trinken Whisky!‹ oder: ›Der Herr von Welt trinkt Whisky!‹ Ob ich mal frage, ob sie hier auch Whisky haben? Aber nein, ich will lieber bei Bier bleiben. Man darf nicht so viel durcheinander trinken, habe ich mal gehört. Mit Bier verträgt sich nicht alles.
So, jetzt trinke ich das Glas halb leer! Verflucht, wie das schmeckt! Sie gucken alle her. Sie merken, daß es mir nicht schmeckt. Vielleicht grinsen sie über mich.
Warum bin ich bloß unnormal?
Hecht kann saufen! Alle von der Bande können es, auch Lilli. So 'ne Braut wie Lilli möchte ich mal haben!

Aber wenn man nicht saufen kann, kriegt man ja keine, weil man dann kein Mann ist.

So, jetzt noch mal das Glas hoch, und dann ein neues. Drei will ich heute trinken.

Es schmeckt immer schlechter... wie Jauche. — Sie tun mir vielleicht was rein... ich kriege es nicht runter! Aber ich muß... O Gott... ich bin unnormal!

Endlich ist es leer. Was sagt der Besoffene? Er sagt: »Komm, trink einen mit mir, Kollege! — 'n Schnaps und 'n Bier für den Kollegen!«

Er denkt, ich wär erwachsen. Er nimmt mich für voll. Der Wirt schiebt mir einen Schnaps und ein Bier hin. Das muß ich natürlich trinken. Bloß nicht so schnell! Sie trinken fast alle Bier und Schnaps zusammen. Aber bloß nicht so schnell hintereinander. Doch da sagt er schon: »Prost, Kollege! Alles Betrug auf der Welt, nur der Schnaps ist echt. Prost, Kollege!«

Wenn das nur gut geht! — Schnaps hoch... und runtergekippt... Hilfe, ich ersticke! — Mir wird ganz komisch... Was sagt er? »Alles Mist, das ganze Leben, Kollege! — Na, denn prost! Den nächsten gibst du!«

Ich kann nicht mehr, aber ich muß... ich muß... ich muß es lernen!

Es geht nicht gut.

Die Theke wackelt...

Warum wackelt die Theke? —

Ich saufe das Glas leer. —

So. — Wenn ich nur nicht unnormal bleibe! — Die Bude dreht sich... O Gott, sie dreht sich...

Ich falle...

Hilfe, ich muß raus... ich... ich falle...

Hilfe, ich muß kotzen!

13 Erhard Vollrath, 20 Jahre, Dekorateur
10. Oktober

Mein Beruf ist schön. Heute habe ich ein Schaufenster für Kindersachen dekoriert. Es hat mir Freude gemacht, alles hübsch und freundlich anzuordnen, nicht im Sinne schreiender Reklame, sondern zur gefälligen Ansicht und Übersicht des Guten und Zweckmäßigen. Tiergruppen und lustige Scherenschnitte lockerten die Auslagen auf. Als das Fenster fertig war, habe ich die Kinder beobachtet. Manche drückten ihre Nasen ganz versonnen ans Fenster. Es ist ja so leicht, jemanden zu erfreuen, und man wird auch selber leicht froh.

Mein Moped hatte gestern einen Schaden an der Zündung. Ich konnte nicht weiter und bat einen jungen Tankwart, doch einmal nachzusehen. »Sehr gern«, sagte er, »das ist bestimmt nicht schlimm. Vielleicht ist die Kerze verölt.«
Er sagte ganz gewöhnliche Worte, aber er sagte sie mit solch einer Herzlichkeit und solch einem Entgegenkommen, daß ich fast beschämt wurde und mich fragte, ob ich an seiner Stelle wohl ebenso gesprochen und geholfen hätte.
Es war irgend etwas am Kabel. Er nahm nicht einmal Geld von mir und sagte: »Es ist schon gut, wir sind sicher beide keine Millionäre.«
Schade, daß die Tankstelle so weit draußen liegt! Ich hätte ihn gerne gefragt, ob er beim Ausbau der Garage helfen will.
Als ich weiterfuhr, war ich plötzlich froher Stimmung. Bei der Arbeit waren auch alle freundlich, ja sogar herzlich zu mir.
Was am Morgen bei der Tankstelle begann, rollte wachsend gleich einer Lawine durch den Tag. Als ich nach Arbeitsschluß über den Marktplatz kam, brach man die Stände ab. Es lagen eine Reihe unverkaufter Blumen auf dem Asphalt; zum Teil waren sie nur leicht oder auch gar nicht beschädigt. Ich hob gelbe Chrysan-

themen und einige rote Alpenveilchen auf. Der Gedanke, daß ein Fuß sie achtlos zertreten könne, erschreckte mich. Und jetzt hielt ich sie in meinen Händen.

Es war, als hätte ich lebendige Geschöpfe errettet, und im Weitergehen sann ich darüber nach, was ich mit ihnen tun solle. Blumen sind zum Freudemachen da. Man muß sie verschenken. Auf einmal wußte ich, was ich zu tun hatte. Eine Frau in mittlerem Alter, die mir eilig entgegenkam, sprach ich an und sagte: »O bitte, verzeihen Sie, daß ich Sie hier anhalte, aber ich möchte Ihnen eine Freude machen. Bitte, nehmen Sie diese Chrysanthemen.«

Die Frau sah mich ratlos an und begann wahrhaftig zu stottern: »Aber ... das kann ... das geht doch ... aber so was ist mir doch noch nie passiert!«

»Sie bekommen noch ein Alpenveilchen hinzu«, sagte ich, »bitte, nehmen Sie die Blumen!«

Aber die Frau sah mich noch immer ratlos und ungläubig an. Sie konnte so schnell nicht begreifen, daß ein fremder Mensch ihr und sich eine Freude machen wollte. Als sie dann wieder sagte: »Aber das kann ich doch nicht annehmen!« erwiderte ich: »Jetzt gebe ich Ihnen noch ein Alpenveilchen hinzu, aber dreimal dürfen Sie nicht ablehnen!«

Nun verwandelte sich plötzlich ihr Gesicht. Es leuchtete glücklich auf. Sie nahm die Blumen und sagte: »Verzeihung! Das ist lieb von Ihnen, sehr lieb! So beschenkte mich noch keiner!«

Wir lachten uns an wie alte Bekannte. »Bitte, nehmen Sie jetzt auch die übrigen Blumen«, bat ich.

Da nahm sie den ganzen Strauß, und ich ging weiter.

Doch nach wenigen Schritten rief sie mir nach: »Bitte, wollen wir nicht zusammen eine Tasse Kaffee trinken? Jetzt lade ich Sie ein.« — »Gern!« sagte ich.

Wir betraten ein Café. Wir redeten von allem möglichen, und ich erzählte ihr auch von der Garage und von den Kindern, so ganz allgemein. Da gab sie mir plötzlich zwanzig Mark. Ich war überrascht. Es war gar nicht von Geld gesprochen worden.

»Ich bin Frau Berg, hier ist meine Adresse«, sagte sie. »Geld habe ich leider nicht viel, aber vielleicht kann ich Ihnen auf andere Weise helfen — wenn Sie einmal Hilfe brauchen.«
So war das. Das kleine Erlebnis hat mir wieder einmal gezeigt, wie leicht sich Herzen öffnen lassen.
Nun ja! Das Leben liegt wie eine unerforschte Wildnis vor mir. Ich muß es Stück für Stück erobern und durchforschen. Diese Mühe nimmt mir niemand ab. Aber ist es überhaupt eine Mühe? Wahrscheinlich macht das erst das Leben aus; es ist mehr ein erregendes Abenteuer.
Gedanken sind wie Vögel; wenn sie frei werden, streifen sie frei umher, und es fällt zuweilen schwer, sie zurückzuholen.
Im Augenblick darf ich sie wirklich nicht frei fliegen lassen, denn da ist die Garage. Ich brauche Material und Helfer. Zwanzig Mark sind dazu gekommen, das andere wird folgen. Bevor ich in der Garage zu arbeiten anfange, werde ich in die kleine Kneipe an der Ecke gehen, in der sich der junge Bursche gestern so scheußlich übergeben mußte, und noch ein Glas Bier trinken.
Ich gehe hin und wieder gern in solche Kneipen. Man kann zwar sagen, es gebe bessere Gaststätten und vor allem ein besseres Publikum, aber hier verkehrt eine wirklich klassenlose Gesellschaft; man hat sofort Kontakt, man redet miteinander über seine Sorgen. So muß es früher auf den Dörfern gewesen sein: Man sprach miteinander und man nahm Anteil aneinander. Alle trugen an der Bürde des einzelnen mit.
Ich sitze meist und höre zu. Sie erzählen mir dann so allerlei. Der junge Bursche, der sich gestern hier betrank, kommt übrigens aus den Baracken. Ich habe ihn dort schon mal gesehen. Er ist noch ein Kind, obwohl er älter aussieht. Schade, er hat kein übles Gesicht.
Der junge Mann, mit dem ich hier am Tisch sitze, ist seiner Kleidung nach ein Maurer; er ist groß und kräftig und hat Hände wie Schaufeln. Schade, daß er ein so unreines, pickeliges Gesicht hat! Wir reden miteinander.

Er sagt: »Das war 'ne Sache! Die Polypen waren machtlos. Aber den Laden haben wir auch schön hingemacht. Sieh mal hier, die Zeitung ist voll davon!«
Er meint den Krawall in der Spielhalle. Die Zeitung bringt das wie ein Weltereignis, dabei waren höchstens hundert Jugendliche zusammen, und die meisten wurden auch erst durch die Polizeiwagen angelockt. Der Mauermann ist stolz darauf, daß er dabei war, aber im Grunde wurde die Geschichte auch für ihn erst durch die Zeitung wichtig. Er freut sich darüber, an der Zerstörung beteiligt gewesen zu sein, obwohl es doch sein Beruf ist, aufzubauen.
Wir reden miteinander über dies und das, über den Lohn zum Beispiel, über die schwere Arbeit.
Schließlich sage ich: »Aber es ist doch eine schöne Sache, Maurer zu sein.«
»Wieso schön?« fragt er überrascht. »'Ne Sauarbeit ist es!«
»Aber ist es denn nicht schön, aufzubauen?« frage ich, »etwas Neues zu schaffen? Ein Mauermann errichtet Wände, hinter denen Menschen Schutz und Wärme finden. Ich glaube, ich wäre sehr stolz, wenn ich mauern könnte. Stell dir das doch bloß mal vor: Wenn ihr nicht wäret, dann könnte kein Haus mehr gebaut werden, dann bestünde diese ganze Stadt nicht. Und ein Haus bauen zu können, das ist doch mehr, als nur für Geld eine Arbeit zu tun.«
Mir sind diese Gedanken gerade erst gekommen, aber sie packen mich, wirklich! Maurer zu sein, ist mehr, als nur eine Arbeit zu tun ... Er sieht mich ganz verdutzt an. Sein Haar liegt in geölten Wellen und ist im Nacken ausrasiert. Die Augen stecken unter der faltigen Stirn etwas zu tief in den Höhlen; es liegt immer ein verstecktes Mißtrauen darin.
»So, du meinst, es wäre was Besonderes?«
»... Was Besonderes ...«
»Hör ich zum ersten Mal.«
»Was Besonderes!«

»Ach, Blödsinn! Ist Maloche. Man malocht für Geld, ist egal, was man macht, wenn es nur gut bezahlt wird. Geld! Verstehste? Das ist es! Geht im Leben nur um Geld!«
»Sicher, Geld ist wichtig, aber Geld ist auch nicht alles. Die Arbeit muß auch einen Sinn haben; sie muß auch Freude machen. Du kannst zum Beispiel etwas, was nur wenige können: ein Haus bauen. Du kannst es schön bauen, viele Menschen werden ihr Leben lang Freude daran haben. Es steht noch, wenn du lange tot bist, und zeugt von deinem Wirken. Es schützt gegen Regen und Sturm, gegen Kälte und Hitze, und du hast es gebaut!«
Er sieht mich wieder an, schon etwas nachdenklich.
»Komische Gedanken hast du! Was Besonderes ... Ist aber gar nicht so dumm. ... ohne Mauerleute gäbe es keine Wohnungen ... hm ... Trinkst du ein Bier mit mir?« — »Gerne!«
»Bist ein komischer Vogel. Hast komische Gedanken. Was Besonderes ... Ich dachte immer, ich wär nur so 'n Dreck, aber du sagst: Was Besonderes ... Was machst du denn?«
Ich erzähle von meiner Arbeit, vor allem von den Kindern und von der Garage. Ich erzähle auch von der Frau, die mir die zwanzig Mark gab. Er hört ganz still zu.
Schließlich sagt er: »Nun hör mal. Und für die Arbeit mit den Kindern kriegst du nichts? Du machst das umsonst? Und an der Garage, da verdienst du auch nichts?«
»Natürlich kriege ich was dafür, nämlich die Dankbarkeit der Kinder. Du müßtest mal sehen, wie sie sich freuen, wie glücklich sie sind, jemanden zu haben, der ihnen hilft und den sie fragen können. Das ist doch was. Außerdem macht es mir ja auch Freude.«
Er schüttelt den Kopf: »Aber Geld. Tut doch kein Mensch was ohne Geld!«
»Das stimmt nicht. Man tut eine ganze Menge ohne Geld, alle tun was ohne Geld. Man kauft etwas und verschenkt es, um nur ein Beispiel zu nennen. Und man freut sich über die Freude der anderen.«

Er zieht die Schultern hoch, starrt in sein Glas: »Kapier ich nicht recht. Ich gebe für keinen Geld aus. Für andere Geld ausgeben?«
»Hast du noch nie ein Mädchen ins Kino eingeladen?«
Er sieht mich an, verändert, traurig, fährt sich mit der Hand über das pickelübersäte Gesicht: »Nee! Geht ja keine mit mir.«
»Glaube ich nicht«, sage ich, »siehst doch gut aus.«
Er sieht mich überrascht an: «Redest so daher... komische Sachen... Hörte so was noch nie...«
»Ja, wovon redet ihr denn?«
Er zieht die Schultern hoch: »Wovon? Vom Lohn und von Überstunden, vom Saufen und Malochen, von Weibern und Autos.«
»Ja, das sind ja nun auch wichtige Sachen, da muß man ja drüber reden. Aber sag mal, hättest du keine Lust, mir bei der Garage zu helfen? Du bist doch Fachmann. Das Mauern schaffe ich nicht allein.«
Er sieht mich wieder an. Das Mißtrauen ist aus seinen Augen verschwunden. Er überlegt einen Augenblick und sagt dann: »Ja, ich helfe dir.«
»Mensch, das ist prima! Komm, ich spendier noch ein Bier! Und wenn du Lust hast, sehen wir uns die Garage gleich an. Wir müssen nämlich so schnell wie möglich anfangen. Alte Ziegelsteine habe ich schon. Die Kinder werden sie abklopfen. Was sonst noch nötig ist, wirst du schon feststellen. Ich heiße übrigens Erhard. Und du?«
»Pickel... Ach, du meinst meinen richtigen Namen! Otto Bender.«
Otto sagt: »Laß das Bier jetzt man, wir können ja mal erst hingehen und uns alles ansehen.«
»Ist aber kein Licht da.«
»Ich hab 'ne Lampe.«
»Ist mir recht, gehen wir.«

14 Fritz Hecht, 17½ Jahre, Autoschlosser
10. Oktober

Jetzt hab' ich es geschafft: Ich bin berühmt! Ich war auf der ersten Seite abgebildet, ganz groß! Ich habe meine Bude mit meinen Zeitungsbildern tapeziert, und die Polypen mußten mich schon am nächsten Tag wieder laufen lassen, weil ich ja minderjährig bin.
War aber interessant im Kittchen, man konnte da 'ne Menge lernen. Wir telefonierten durch die Lokusleitungen. So für längere Zeit wär' das natürlich nichts, aber jetzt kann ich sagen: Ich war schon mal im Kittchen. Aber am besten ist doch das Bild. Das Bild haben Millionen gesehen, Millionen wissen, daß ich mehr bin, als sie bisher glaubten. Und die Polypen konnten nichts machen. So was können sie übrigens gern wieder haben. Sonst heißt es ja immer: grüne Jungs. Von wegen grüne Jungs! Das haben sie ja gesehen! Sogar 'ne Gerichtsverhandlung gibt es noch, haben sie gesagt. Aber in der Zeitung stand schon, es wär' unmoralisch, solche Spielautomaten aufzuhängen. So was ist 'ne Spielhölle und in vielen Ländern verboten. Sie schrieben, wenn die Jugend nichts Besseres vorgesetzt kriegte, dann brauchte man sich über so 'n Krawall nicht zu wundern, und man sollte sich fragen, wen denn die Schuld träfe; bestimmt nicht die Jugend! Jawohl, das stand in der Zeitung!
Belohnen müßten sie einen, daß man so 'n Mistladen kaputtgehauen hat, wo das doch alles Betrug ist und sie einem das sauerverdiente Geld aus der Tasche ziehen. Schuld an allem aber ist Ranefeld, dieser Hund, dieser raffinierte Leisetreter! Aber er kriegt es wieder, ist schon alles überlegt. Dafür suche ich mir einen schnellen Wagen aus.
Da kommt Lange in dem neuen Porsche.
»He, Lange!«
Er hält an. Der Affe sitzt wie ein Graf hinter dem Steuer. Hat 'n

doll bunten Pullover an, dazu einen schwarzen Schal, Sonnenbrille. Es fehlt an nichts.
»Gefällt dir der Wagen?«
Verfluchter Heini! Warum muß der alles haben?
»Prima Wagen, Lange!«
»Der läuft hundertsechzig Sachen wie nichts, Hecht!«
Als ob ich das nicht wüßte! Und so was kriegt man für einen Ring... Ich werde noch verrückt, wenn ich nicht auch bald ein Auto habe! Was quatscht er?
»Hecht, du sprachst doch neulich von Ringen. Wie bist du eigentlich auf Ringe gekommen? Was wolltest du damit sagen?«
»Geht dich 'n feuchten Staub an, Lange! Was kümmert's dich? Hast ja alles, was du brauchst, Lange. Aber wenn du es wissen willst: Wegen dem Ring von Ranefeld habe ich gefragt, weil der so 'n dicken Ring hat, der Hund, und weil ich weiß, wo er her ist.«
»Ach so... Hast du Lust, ein Stück mitzufahren, Hecht?«
»Wenn du mich wieder herbringst. Ich hab' mein Moped hier stehen!«
»Na klar! Steig ein.«
Ein schicker Wagen, ein elend schicker Wagen!
Ich möchte ihn fahren. So: Schalten, Vollgas, schalten, Vollgas! Der Idiot kann ja nicht richtig fahren. Und so was hat 'n Auto! — Er quatscht wieder: »Mich gehts ja nichts an, aber wie kommt der Ranefeld zu dem Ring? Ist doch ein armes Schwein, sein Alter kommt von drüben.«
»Ist doch klar! Die von drüben kriegen alles, setzen sich überall rein. Aber Ranefeld ist der Schlimmste. Kannst schön dämlich fragen, Lange. Wie kommt der Ranefeld wohl an so 'n Ring... Ja, Lange, in dem täuschen sich alle, aber ich weiß Bescheid! Gibt Ringe in Massen... Schon mal was vom Schaufensterschreck gehört? Ja, da pfeifste, was? Aber wenn mich einer fragt: Ich weiß nichts, habe keine Ahnung. Ist ein gefährlicher Hund, der legt einen glatt um...«
Jetzt lacht der Idiot! Lacht wie ein Verrückter.

»Warum lachst du so dämlich?«
»Mensch, Hecht, mir ist gerade was eingefallen, was Lustiges. Stör dich nicht dran, ich habe das manchmal. Aber was du von dem Ranefeld sagst, das ist wichtig. Ist ein Schweinehund, der Ranefeld, aber der wird sich noch wundern, der wird noch was erleben!«
Lange hat auch eine Wut auf ihn. Soll mir recht sein. Ist ein eingebildeter Pinsel, gibt an wie 'n Sack Flöhe. Dabei war er noch nie in der Zeitung.
»Das ist 'n Auto, Hecht, was? Möchtest du wohl auch haben?« Will mich scharf machen, aber ich werde es ihm schon geben!
»Ein Auto hat heute jeder, das ist nichts Besonderes, aber in der Zeitung, da war nicht jeder; ich war drin! Hier, sieh mal das Bild!«
»Habe ich längst gesehen, Hecht. Ein miserables Foto. Siehst aus wie ein Wilder.«
Fatzke, dreckiger! Nicht mal das imponiert ihm.
»Aber mich kannst du bald in allen Zeitungen, im Kino und auf Plakaten sehen, Hecht. Das ist was anderes. Dafür muß man natürlich das richtige Gesicht haben. Was sagst du übrigens zu meinem Pullover? Wohl noch nie so was gesehen? Glaube ich gern. Kostet auch 'ne Stange Geld. Paßt zu dem Auto. So, da sind wir wieder. Ich habe noch einiges zu erledigen. Du steigst am besten aus. Aber mir fällt da gerade noch was ein. Der Ring von Ranefeld ist doch nicht aus der Schießbude?«
»Hast du 'ne Ahnung! Bestimmt nicht! Da ist ein Stein drauf, der funkelt wie ein Edelstein oder so was.«
»Dann kannst du recht haben. Bis später, Hecht!«
Von wegen ›bis später‹, Heini! Bis gleich, Lange!
Rauf auf das Moped!
Er muß an der Ampel halten.
Und jetzt hinterher, immer hinterher!
In der Stadt entwischt er mir nicht — auch nicht mit seinem Porsche.

Immer hinterher! Aber nicht zu dicht, er darf mich nicht sehen!
So jagt Hecht seine Beute!
Von wegen so von oben reden und 'n feinen Pinkel markieren!
Von wegen 'n dollen Pullover und 'n dolles Auto!
Nimm dich in acht, gleich schnappt der Hecht zu!
Gut, daß ich den Motor frisiert habe; die Kiste läuft wie 'ne Nähmaschine.
Immer hinterher!
Immer hinterher, immer hinterher!
Das ist mal 'ne Jagd!
Er darf nur nicht rausfahren, da wird er zu schnell; er muß in der Stadt bleiben.
Achtung, er fährt rechts rein!
Nicht zu dicht ran!
Jetzt parkt er!
Schnell in die Nebenstraße und aufgepaßt!
Verdammt, er schließt ab, verschwindet in einem Wohnhaus!
Warten, Hecht, nur die Ruhe ... er kommt schon wieder.
Da ist er wieder! Hat was geholt.
Weiter und hinterher!
Ich habe Zeit, ist Samstag. Zeit genug.
Weiter ...
Er fährt zum Stadtrand ...
Verdammt! Nur nicht raus aus der Stadt! —
Da hält er wieder. Ist Parkverbot, kann also nicht lange dauern.
Hat nicht abgeschlossen, aber den Schlüssel mitgenommen. Er muß den Schlüssel stecken lassen.
Warten ... warten ... weiter!
Breite Straße ... Lange Straße ... an der Ampel aufpassen ... Er ist durch.
Gelb! Hinterher! — Aufpassen! —
Schillerstraße ... Hahnstraße ... Er merkt nicht, daß er gejagt wird ...
Der Verkehr ist dicht. Er sucht einen Parkplatz.

Achtgeben, achtgeben!
Die Parkuhren sind alle besetzt. Weiter vorn ist Parkverbot.
Vor mir wird ein Platz frei... Moped rein!
Er hält... glotzt zum Rathausplatz, wartet. — Da, jetzt winkt er.
Ah, ein kleines Mädchen abholen! Wird aber nicht gesehen, es winkt keine wieder.
Ran, Hecht, aufpassen, Hecht! Deckung hinter dem Mercedes.
Lange steigt aus und rennt über die Fahrbahn.
Der Schlüssel steckt drin! Hurra, der Schlüssel steckt drin!
Langsam rangehen, Ruhe behalten — nur die Ruhe, Hecht! Es fällt keinem auf.
Einsteigen... anlassen... und weg!
Ich könnte schreien, ich könnte brüllen!
Ich möchte sein dämliches Gesicht sehen!
Gas... Gas... nichts wie weg!

15 Hans Lange, 18 Jahre, kaufmännischer Lehrling
10. Oktober

Das war sie doch nicht; ich muß mich getäuscht haben. Wär auch ein Wunder, wenn so 'n Weib mal pünktlich sein würde. Ich sollte sie auch mal warten lassen. Habe es ja schließlich nicht nötig, hinter ihr herzulaufen.
Gibt Weiber genug. Man braucht sich nur umzusehen. Sind nette Käfer drunter. Die könnte ich alle haben — bestimmt! Die würden alle mitfahren. Man ist ja kein Anfänger.
Wie die Schwarze mich ansieht, und da das blonde Gift! Wenn die Fiffi mich noch lange warten läßt, dann steige ich einer andern nach.
Aber der Pullover ist 'ne Wolke! Ich merke es erst jetzt. Sie drehen sich alle die Hälse nach mir um.

Tatsächlich, ich bin hier der Mittelpunkt des Platzes! Alle gucken mich an!

Na, dann will ich mir mal 'ne Zigarette anstecken. Ich habe herausgefunden, daß meine Persönlichkeit dabei erst richtig zur Geltung kommt. —

Ob sie merken, daß das Feuerzeug aus Gold ist? Na klar, bei meiner Erscheinung!

Wenn jetzt auch noch mein Bild von allen Plakatwänden lacht! Ist doch gut, daß ich noch nicht Schluß gemacht habe.

Der Katz ist nicht ohne, hat 'n Blick.

Wie mies der Müller dabeigestanden hat! Ist fast geplatzt vor Neid, als sie mich fotografierten.

Der Astronaulo hat ja wunderbare Farben. Es gibt keine Tönung, die er nicht hat. Wer den rausbrachte, hatte wirklich was auf dem Kasten. Und ausgerechnet bei dem Glatzkopf... Man kann sich nur wundern!

Sie verdrehen sich immer noch die Hälse. Der Pullover ist so gut wie 'n Bart. Ich bin nicht mehr zu übersehen.

Aber Bart und Pullover wär noch besser. Und dann im Wagen warten. Prima Figur, die Schlanke da! Ob ich sie mal anquatsche?

»Na, Süße, wie wär's denn mit uns beiden?«

Sie kichert und zieht ab. Dumme Gans! Wohl noch nie 'n Freund gehabt? So was gibt es.

Zehn Minuten über die Zeit... fünf Minuten warte ich noch. Wenn Fiffi dann noch nicht hier ist, lache ich endgültig eine andere an.

Es ist eine Unverschämtheit, mich warten zu lassen! Mit anderen kann sie das ja machen, aber nicht mit mir!

Wo der Wagen auf Parkverbot hält. In Zukunft bestell ich sie an Plätze, an denen ich im Wagen warten kann, das gibt mal erst was her.

Jetzt renne ich hier rum, und alle denken, ich wär auch so 'n popeliger Fußgänger, obwohl sie mir ja ansehen müßten, daß das nicht sein kann.

Geht da hinten nicht der Ranefeld? Warte nur, Freundchen, ich werde dir eine feine Suppe einbrocken! Wenn du die gegessen hast, vergeht dir der Appetit auf meine Ringe!
Ach, endlich, da kommt die Fiffi! Hat doch 'ne tadellose Figur. Irgendwie paßt sie zu mir. Aber die Hester ist noch besser.
Ja, die Hester!
»Tag, Hansi, wieder mal gewartet, du Ärmster? Na, ich mache es nachher gut. Aber du hast ja einen tollen Pullover an, du siehst ja doll schick aus!«
»Gefällt dir, was? Soll ich dir einen besorgen? Ist schwer ranzukommen, kostet 'ne Stange Geld, ganz exklusive Ware! Würde sich gut machen, wir beide im Wagen, jeder mit einem Astronaulo!«
»Oh, das wär süß, Hansi! Schenk mir einen zum Geburtstag! Hat ja 'ne doll saloppe Form. Du siehst aus wie ein Künstler, Hansi. Und süße Farben hat er – himmlisch! Ja, schenkst du mir einen?«
»Mal sehen. Wenn du lieb bist.«
»War ich schon mal nicht lieb?«
»Na, dann komm, wir fahren raus.«
»Wo ist denn der Wagen? Ich bin doll gespannt. Als ich der Evi erzählte, daß du einen Wagen hast, wurde sie weiß vor Neid. Wir könnten gut bei ihr vorbeifahren, was meinst du?«
»Wenn's dir Spaß macht, gern.«
»Was hat er eigentlich für eine Farbe?«
»Weiß mit roten Lederpolstern. Da vorn steht er. Wirst staunen, Fiffi! Na, wo ist er denn? Ich hatte ihn doch da vorne abgestellt? Oder nein, weiter vor, glaube ich. – Das kommt von der blöden Warterei, man kommt ganz durcheinander dabei! Da steht er auch nicht.
Verdammt, bin ich denn verrückt geworden. Ich habe ihn doch hier geparkt! Hier ist es gewesen, hier!«
»Ich finde das komisch. Erst erzählst du was von einem tollen Wagen, und jetzt ist er nicht da.«
»Halt die Schnauze, reg mich bloß nicht auf mit deinem Gesabbel!

Hier war er doch, hier stand er! Aber er ist doch nicht verhext!
Das kann doch nicht sein! Oder ist er ... ist er geklaut worden?
Ja, er ist geklaut! Und weißt du dumme Ziege, wer schuld daran
ist? Du, genau du!«
»Aber hör mal, das ist doch wohl das Letzte! Was habe ich mit
deiner alten Mühle zu tun? Habe ich sie vielleicht geklaut?«
»Jawohl, du! Wenn du pünktlich gewesen wärst, dann wäre das
nicht passiert!«
»Unverschämter Kerl! Wer weiß, ob du überhaupt ein Auto hattest!
Hast vielleicht bloß angegeben. Angeben kannst du überhaupt
am besten.«
»Was quatschst du Weibsstück da? So, da! Klatsch ... klatsch ...
So kriegst du was in die Fresse! So mußt du mir gerade kommen!
— Ja, zieh bloß Leine und laß dich nicht wieder sehen!«
Der Wagen ist weg ...
Geklaut ...
Polizei?
Vorsicht!

16 *Peter Ranefeld, 18 Jahre, Schweißer*
10. Oktober

Es fällt mir jetzt wieder ein. An dem Abend, als die Hechtbande
hinter mir her war, dachte ich: Was ist eigentlich gut oder böse?
Da kam Hecht. Aber was ist nun gut oder böse? Die Frage bleibt.
Gut und böse ... Man sagt das so einfach, aber läßt sich denn so
klar feststellen, wo das eine anfängt und das andere aufhört? Ich
glaube, die Menschen sind überhaupt nicht gut oder böse, sie sind
einfach ... na ja, einfach wie Menschen. Man kann doch da keine
Zensuren geben.
Gut und böse!

Ich habe den Ring behalten.
Hätte ich ihn vielleicht liegenlassen sollen, damit dieser Fatzke noch mehr angeben kann? Ich habe ihn ja nicht gestohlen, nur aufgehoben. Wenn das böse ist, kann ich ihn ja wieder zurückgeben.
Das heißt, ich könnte ihn zurückgeben, denn natürlich werde ich das nicht tun. So was kommt nur daher, weil alles so ungerecht verteilt ist. Ein paar haben alles, die andern lutschen am Daumen.
Nein, der Mensch ist nicht gut oder böse; was hier schlecht ist, kann da gut sein.
Wenn ein kleiner Junge das Einkaufsgeld verloren hätte, sofort hätte ich es ihm wiedergegeben. Das ist es nämlich. Bei solchen Sachen hängt alles von dem anderen ab, davon, wie der ist.
Dem Hecht die Nase krummzuhauen, das ist gut, aber sie einem anderen krummzuhauen, das kann schlecht oder böse sein.
Dem Müller was wegzunehmen, das wär miserabel, aber dem Lange was abzunehmen, das ist gut. Jawohl, gut! Also ist es gut, daß ich den Ring behalten habe, damit basta!

Dichter Nebel heute.
Liegt wie Watte auf der Straße.
Alles klingt leiser, gedämpfter.
Das Gehen tut gut. Ich könnte jetzt einen Zehntausendmeterlauf machen.
Der Ring sieht prima aus an meiner Hand.
Verfluchter Ring!
Ich komme immer und immer wieder darauf zurück... So ein kleines, unnützes Ding! Immer stiehlt er sich in meine Gedanken wie ein eifersüchtiges Kind. Hat doch keinen Verstand, kann doch nicht eitel sein.
Wenn der ganz Alte das wüßte, der würde sagen: Das ist Unrecht, so was tut man nicht! Würde der bestimmt sagen... Aber er selbst? Gab er dem Nachbarn das Land, das dem so viel genützt hätte?

Hat er nicht stolz erzählt, wie er immer das Holz geholt hat, das die Holzfuhrleute verloren hatten, die für die Försterei fuhren? Aber das gehörte ja dem Baron, der hatte genug, tat ihm ja nicht weh, sagte der ganz Alte. Aber über meinen Ring würde er sich aufregen. Vielleicht auch nur, weil es ein Ring ist, weil er meint, er passe nicht zu uns. Was heißt: zu uns passen? Zu uns paßt alles, wir haben ein Recht auf alles! Und ist es denn darum unrecht, weil er nicht zu uns paßt?

Gut und böse! Schwer zu sagen. Wenn sich Hecht neulich das Genick gebrochen hätte, wäre ich dann schlecht? Mancher feine Mann ist nur durch Zufall ein feiner Mann geblieben, und mancher schlechte Mensch hat sicher bloß Unglück gehabt.

Nehmen wir Hecht. Wenn mich einer seiner blöden Schüsse getroffen hätte, wär er ein Mörder geworden und wär für sein Leben fertig. Aber jetzt, wo er nicht getroffen hat, ist alles in Ordnung. Wenn man mal so überlegt, dann entdeckt man elend viel Stolperdrähte. Ist reiner Zufall, ob man darin hängen bleibt. Kommt alles von dem Ring. Sogar Hecht wollte ihn haben. Schön wär's gewesen. Hecht ist verrückt. Manchmal meine ich, er wär zu allem fähig. Ist auf der Straße großgeworden, hat keinen, der ihn mal zurechtstaucht. Seine Mutter ist Witwe, hat immer neue Bekanntschaften. Außerdem arbeitet sie.

Ich meutere ja auch manchmal, aber unsere Verhältnisse sind doch ganz anders. Ich wünsche mir im Grunde nur, daß ich mal zu Hause über was reden könnte.

Sie sehen nur zurück. Mutter noch am wenigsten. Aber ich lebe heute, was weiß ich von gestern? Über gut und böse beispielsweise kann man nicht vernünftig mit ihnen reden. Das ist auch verteufelt kompliziert. Was die Politiker zum Beispiel machen, ist gut, auch wenn es böse ist.

Und wenn einer sagt: Du hast 'ne Glatze, ich habe ein Mittel, das zaubert alle Haare wieder hervor! Wenn er das sagt, obwohl er genau weiß, daß es nicht stimmt, dann ist das auch gut. Findet er viele Dummköpfe, die ihm sein Mittel abkaufen, dann ist er

erfolgreich. Das ist noch besser, als nur gut zu sein. Und wenn einer sonst durch Gaunereien ein Vermögen zusammenkratzt, dann ist das auch gut. Aber wenn ich einen Ring finde und ihn behalte, ist das vielleicht schlecht?
Zum Teufel mit dem Ring!
Wie er blitzt und funkelt!
Gut und böse...
Wer weiß denn da so genau Bescheid? Vielleicht gibt es Gesetze, in denen alles genau festgelegt ist. Aber ich hörte mal, daß sich nicht einmal die Juristen in den Gesetzen auskennen, so viele sind es, und so kompliziert sind sie. Und wenn mal zwei wegen irgend etwas in Streit geraten und zum Gericht gehen, dann findet jede Partei einen Anwalt, der sagt: Du hast recht! Und die Richter brauchen sehr lange, um herauszufinden, wer nun richtig recht hat. Wenn das also mit dem Recht so schwierig ist, woher soll ich dann wissen, was gut und schlecht ist? Hat mir noch keiner gesagt. Man kann gut und böse nicht messen und nicht wiegen.
Vielleicht ist das die Schwierigkeit... Man soll beispielsweise nicht töten. Das steht in der Bibel. So ganz einfach. Du sollst nicht töten.
Aber wenn ein Einbrecher kommt, und ich schieße ihn tot, dann ist das erlaubt – glaube ich wenigstens.
Und erst die Soldaten! Werden sie nicht aufs Töten gedrillt? Zeigt man ihnen nicht die raffiniertesten und wirkungsvollsten Methoden, um Menschen umzubringen? Lebt nicht eine Riesenindustrie davon, Pistolen, Maschinengewehre, Kanonen und Atombomben und ähnliche Sachen herzustellen, mit denen man Menschen töten kann? Wenn ich sage: Der Hecht ist mein Todfeind; ich bringe ihn um, dann ist das ein Verbrechen. Wenn aber morgen ein Minister sagt: Die Franzosen oder Russen sind deine Todfeinde; du mußt sie alle umbringen? Ist das dann eine Heldentat, wenn ich gehorche? Und wenn ich mich dann weigere, werde ich vielleicht selbst umgebracht? Man darf gar nicht dar-

über nachdenken, sonst wird man am Ende noch verrückt. Die Erwachsenen sagen einfach: So oder so ist es! Aber kann man ihnen denn trauen? Sie haben so viel verkehrt gemacht, und sie geben es ja auch zu; woher soll man denn wissen, ob das, was sie jetzt tun und sagen, richtig ist?
Man muß mißtrauisch gegen die Erwachsenen sein, gegen die meisten jedenfalls. Ich kenne keinen, vor dem ich wirklich Respekt haben könnte.
Gut und böse ...
Das Leben ist sehr kompliziert. Ich habe den Ring, und ich behalte ihn auch. —
Kann ich denn nicht wenigstens mal zehn Minuten den verfluchten Ring vergessen?
Der Nebel wird immer dichter. Kein Wetter für lustige Gedanken. Das Leben verkriecht sich in seinen vielen Höhlen.
Drüben ist eine Kneipe. Ich werde ein Glas Bier trinken. Laß ich den Ring nun am Finger? Sieht so nach Angabe und auch blöd aus, so 'n Ring an einer Männerhand.
Ich stecke ihn besser in die Tasche.
Die Theke ist von durstigen Männern umlagert. Kriege kaum Platz.
Ist immer dasselbe hier: Saufen und Reden. Blödes Zeug! Wetter, Autos, Fußball, Fernsehen, dreckige Witze. Wenn man vier Wochen nicht hier war, bekommt man den Eindruck, als sei man in der Zwischenzeit nie weggegangen. Stehen immer die gleichen Gestalten herum. Aus dem Geschwafel kann man nichts lernen. Wo kann man überhaupt was lernen!
Verdammt nochmal! Hecht hat recht: Fressen, Saufen und Malochen ist noch lange nicht alles; es gibt mehr, viel mehr! Ich will nicht damit zufrieden sein! Am Ende liegt der Sinn meines Lebens auch nur darin, an solch einer Theke zu stehen ...
Glück und Unglück ...
Alles gut!
Wahrscheinlich muß man zu seinem Glück aber auch selbst was

tun. — Der Wirt soll sein Bier behalten, er soll es selbst aussaufen, ich gehe wieder!
Will kein Thekensteher werden, kein Säufer und Witzeerzähler! Ich gehe!
Komisch, manchmal wird der Nebel urplötzlich zurückgedrängt; man sieht ein Stück Weg und weiß die Richtung wieder. Ich weiß jetzt die Richtung. Ich werde noch einen weiten Weg durch die Stadt machen und überlegen. Ob ich den Ring wieder an die Hand stecke?
Verflucht, wo ist er denn? Ich habe ihn doch in die Jackentasche gesteckt.
Er ist nicht mehr drin!
Oder habe ich ihn doch in der Hosentasche?
Nein, nicht da!
Auch nicht hier; alle Taschen sind leer ... keine hat ein Loch.
Ob ich ihn in Gedanken neben die Tasche gesteckt habe? Dann müßte er hier vor dem Eingang liegen... Liegt aber kein Ring da.
Ist natürlich hoffnungslos, ihn hier zu suchen.
Aber ich will nochmal nachsehen.
Ist nicht zu finden. Den hat längst jemand aufgehoben.
Merkwürdig, er wollte nicht bei mir bleiben. Erst rollte er mir vor die Füße, und jetzt springt er aus meiner Tasche...

17 Horst Zintek, genannt Läufer, fast 15 Jahre, Barackenjunge

10. Oktober

Hecht wird schreien! Hecht wird sagen: Läufer, du bist mein bester Mann! Was die ganze Bande nicht fertigbrachte, machte ich allein.
Aber wenn ich ehrlich sein soll: Es war nicht mal schwierig. Im

Warenhaus ist es manchmal viel schwieriger. Ich bin immer hinter ihm hergegangen.
Der dichte Nebel war günstig. Ranefeld blieb manchmal stehen und betrachtete den Ring an seinem Finger. Ich wußte also, daß er ihn bei sich hatte.
Ich dachte: Irgendwo wird er schon einkehren. Dann wollte ich sagen: Hast da einen prima Ring, kann ich ihn mal haben? Möchte mal wissen, wie der mir steht. Und wenn ich ihn in der Hand gehabt hätte, dann nichts wie raus!
Im Nebel hätte er mich nicht gekriegt, jetzt wo mein Schienbein fast wieder in Ordnung ist.
Es war aber alles nicht nötig. Er schob den Ring in die Tasche.
Komischer Kauz, hat 'n Ring und steckt ihn in die Tasche. Das war für mich natürlich günstig. Es war die linke Jackentasche. In der alten Kneipe war es dann ein Kinderspiel, ihn rauszuholen. Gelernt ist gelernt. Ich wette, das kann keiner in der Bande. Als ich rausging, wartete er noch auf sein Bier.
Das ist nun der Ring.
Drüben vor dem Schaufenster kann ich ihn betrachten.
Ha, breit ist er, da ist nicht dran gespart worden. Und aus Gold, er ist bestimmt aus Gold, sonst wär Hecht nicht so scharf drauf. Und obendrauf ist ein Stein, der funkelt ganz schön. Ist bestimmt ein Edelstein. Ob der wohl für einen Mann gemacht wurde? Ich kann ihn ja mal anstecken.
So, aber er ist zu weit. Sieht ja toll aus.
Mein Alter hat auch einen Ring aus echtem Silber. Schade, daß er zu weit ist. Es ist der erste Ring, den ich geklaut habe. Man könnte ihn auf eine ganz einfache Weise enger machen: Man müßte ihn unten durchschneiden und die Enden nebeneinander legen und zusammendrücken. Aber da brauche ich mir ja keine Gedanken drüber zu machen; Hecht wird schon wissen, was er damit tut. Na, denn los zu Hecht!
Was würde meine Mutter wohl sagen, wenn sie den Ring sähe? Staunen würde sie – und ihn einstecken.

Klar, die steckt alles ein, und ich sehe in die Röhre, wo ich das meiste hole... Als ob das gerecht wäre! Aber das hört auf. Ich bin ja schließlich kein Kind mehr, werde in einem Monat fünfzehn.
Also zu Hecht. Wenn er den Ring hat, muß er mir ja ewig dankbar sein. Ich möchte wissen, was er damit will.
Verkaufen vielleicht... Ist auch egal. Ich stecke ihn mal an den Daumen.
Am Daumen paßt er. Sieht da auch gut aus. Möchte überhaupt mal wissen, warum man keinen Ring am Daumen trägt, sondern nur an den anderen Fingern.
Wie der Ranefeld jetzt den Ring suchen wird! Er denkt sicher, er hätte ihn verloren.
Hecht hat gesagt: ›Man muß alle, die nicht zur Bande gehören, hassen und verachten. Mit denen, die nicht zur Bande gehören, kann man machen, was man will.‹
Blöder Nebel heute abend.
Auf Verrat steht Tod...
Es ist bestimmt ein echter Edelstein auf dem Ring. Für das Geld, das der wert ist, kriegt man vielleicht schon ein Moped, nicht ganz natürlich, kein neues, aber ein gebrauchtes.
Ich möchte auch ein Moped haben. Ich will nicht immer Klammeraffe spielen. Von der Bande haben alle eins, nur ich nicht.
Wär schön, sagen zu können: Ich will ein Moped, das rote da, hier ist das Geld!
Meine Mutter hat auch 'n Ring. Ist künstlich, aus dem Warenhaus. Ich glaube, er kostete fünf Mark. Aber meiner ist bestimmt nicht künstlich. Große Leute tragen fast alle Ringe. Jetzt, wo ich darüber nachdenke, fällt mir das ein. In den Baracken haben viele Ringe. Und die feineren Herren mit den dicken Autos, die haben alle welche. Es würde sicher einen tollen Eindruck machen, wenn ich auch einen hätte...
Mit so 'nem Ring sehe ich aus wie achtzehn, dann denkt keiner, daß ich im nächsten Monat erst fünfzehn werde.

Schade, geht nicht, ich muß ihn Hecht abliefern, das ist Ehrensache. Er gehört nun mal Hecht. Ist aber trotzdem schade!
Wenn ich den Ring hätte, vielleicht guckten sie mich dann beim Saufen nicht so dumm an, die anderen in der Kneipe, weil ich doch unnormal bin. Sie würden denken: Der hat aber einen tollen Ring; das ist aber ein Bursche!
Mit so einem Ring könnte ich vielleicht auch Apfelsaft trinken. Ich trinke ja schrecklich gern Apfelsaft, aber in der Kneipe trau ich mich nicht, da lachen sie mich aus, und sie denken, ich wär noch ein Kind. Sie verachten jeden, der Saft trinkt. Nee, so was kann man in einer Kneipe nicht machen! Aber hier ist eine Trinkhalle, da kann ich Apfelsaft trinken, da fällt es nicht auf. – Einmal Apfelsaft! –
Ah, der schmeckt! Wenn mich bloß keiner von der Bande sieht! Wenn die wissen, daß ich Apfelsaft trinke, dann bin ich erledigt. Kotzen ist ja nicht schlimm, kotzen müssen sie alle, auch die Großen, aber Apfelsaft ist schlimm ... Hoffentlich werde ich doch mal normal!
Sieht prima aus, der Ring, auch auf dem Daumen. Ich glaube bestimmt, mit solch einem Ring wäre auch Apfelsaft nicht so schlimm ...
Habe einen tollen Durst. Ich glaube, ich nehme noch eine Flasche. Zeit genug! Hecht freut sich auch noch 'ne halbe Stunde später über den Ring. Ich kann ja verstehen, daß er scharf darauf ist. Schade, ich habe mich schon so an ihn gewöhnt. Wirklich schade! Ich will ihn mal am Mittelfinger probieren. Oh, da paßt er einigermaßen! Abliefern ist aber Ehrensache. Ich bin ja schließlich kein Gauner.
Auf Verrat steht Tod ...
Aber vielleicht gibt es Schnaps, wenn ich den Ring abgebe, vielleicht besaufen wir uns dann alle, und kneifen geht nicht.
Aber besaufen wär schrecklich! Ist aber bestimmt so: Es gibt Schnaps, und ich muß saufen. Und keiner nimmt Rücksicht darauf, daß ich unnormal bin.

Wenn ich nochmal kotzen muß, will ich lieber gleich tot sein.
Ich hätte ja nie gedacht, daß es so schlimm ist, unnormal zu sein.
Woher das bloß kommt, wo mein Alter es doch so gut kann?
Das Leben ist nicht leicht. Und bestimmt gibt es ein Unglück,
wenn ich den Ring abgebe und saufen muß.
Aber muß ich denn?
Ich meine: Muß ich ihn denn heute abgeben?
Weiß ja noch keiner, daß ich ihn habe.
Ich kann ihn auch morgen abgeben oder übermorgen.
Genau das kann ich! Daß ich nicht eher darauf gekommen bin!
Ist ja kein Betrug. Jawohl, so mache ich das! Ich stecke ihn in
die Tasche und sage Hecht heute gar nichts. Oder noch besser:
Ich gehe heute abend gar nicht zur Lichtburg. Brauche nicht immer zu tanzen, wenn Hecht pfeift.

18 Fritz Hecht, 17$^{1}/_{2}$ Jahre, Autoschlosser
11. Oktober

Ich fahre ein rotes Kabriolett! Es war mal weiß, Lange! Aber
rot ist auch gut. Hecht hat einen roten Porsche.
Aus weiß mach rot! Die richtige Farbe für den Führer der großen
Bande, für den gefürchteten Hecht, für den berühmten Hecht,
dessen Bild Millionen gesehen haben.
Schöner roter Porsche! Ich möchte ein Gedicht auf dich machen!
Schöner roter Porsche... Ich liebe Rot. Er ist wirklich nicht
wiederzuerkennen. Für einen Fachmann ein Kinderspiel! Rinkeldiwinkel, und schon war er verzaubert.
Mein Chef hat hier draußen so einen kleinen Gebrauchtwagenhandel, schön versteckt. Mein Chef hält große Stücke auf mich.
Ich kann immer rein in den Laden. Mein Chef ist tüchtig. Manchmal hat er Autos, die zeigt er keinem, wenigstens nicht am Tage.

Sie sind dann auf einmal weg. Ich muß viele Autos umspritzen. Ich stelle mich doof.
Immer ein doofes Gesicht machen, das ist wichtig! Ist mir bis jetzt gut bekommen. Ich habe in der Nacht gearbeitet; der Porsche ist rot. Die Sitze haben Überzüge. Und die passende Zulassung fand ich schon früher in einem anderen Porsche.
Schade, daß ich ihn nicht behalten kann! Aber wenn alles klappt, kann ich mir morgen einen neuen kaufen. Ich nehme nur einen Mann mit, Pickelgesicht! Pickelgesicht hat Nerven. Und natürlich Lilli.
Ja, Lilli muß mit, Lilli hat Nerven wie ein Mann. Lilli ist schon ein tolles Weib. Für so was könnte man die Hester nicht gebrauchen.
Verdammtes Luder, die Hester! Wird Augen machen, wenn sie mich übermorgen in einem schicken Wagen sieht!
Also Pickelgesicht und Lilli. Wir nehmen den Laden in der Breiten Straße, nicht den, den der Fensterschreck, der Ranefeld, dieser Hund, ausräumte, sondern den anderen. Wär ja gelacht, wenn wir nicht könnten, was der kann. Lilli weiß schon Bescheid. War ganz hin, als sie den Wagen sah.
Zeit: So ein Uhr nachts, dann ist es still. Ich fahre erst mal die Straße rauf, dann runter, sehe, ob die Luft rein ist. Dann an der richtigen Seite ranfahren, Pickelgesicht haut die Scheibe ein, Lilli hilft ausräumen. Sie stecken alles in eine Einkaufstasche. Ich bleibe am Steuer. Die ganze Geschichte muß schnell gehen. Dann nichts wie weg! Den Wagen stellen wir irgendwo ab an einer versteckten Stelle, damit es noch etwas dauert, bis sie ihn finden. Man kann ihn ja ein bißchen demolieren, das Armaturenbrett vielleicht, damit der Lange 'n Schlag kriegt, wenn er ihn wiedersieht. Was mag er jetzt tun? Wird rumrasen und warten. Aber sein süßes kleines Autochen kommt nicht wieder. Ja, so geht das, wenn man mit Hecht großkotzig umgeht!
Morgen früh bin ich reich.
Vielleicht bin ich morgen früh Millionär...

Mein Chef kann mir ein Auto verkaufen. Aber nein, ich will ein neues, Porsche, 'n roten Porsche! Dann werde ich den Lange mal einladen. Er darf sein Auto so lange nicht fahren können, bis ich meins habe, damit ich ihn einladen kann. Das wird 'ne Sache! Und so 'n Pullover kaufe ich mir auch, genau denselben und mit 'm schwarzen Schal. Sonnenbrille habe ich schon. Und dann im roten Porsche! Es dauert alles viel zu lange.
So neben der Hester halten können und sagen: Na, immer noch so stolz? Wie wär's denn heute mit uns beiden?
Von wegen stolz! Ist nicht mehr! Aus der Hand fressen wird sie mir. Garantiert! Einem roten Porsche kann keine widerstehen. Das Verdeck muß natürlich runter. Ich fahre immer ohne Verdeck. Der Schal flattert wie eine Fahne. Alle werden auf dem Bauch liegen, alle! Ich denke nur an die Reinigung: Gestern kam ich von der Arbeit und holte für meine Mutter einen gereinigten Mantel ab. Ich stellte das Moped hin und ging rein. Die ließen sich vielleicht Zeit mit dem Bedienen! Die Frau von dem Reinigungsfritzen erzählte einer Kundin von ihren Gören. Ich war Luft für sie. Aber dann fuhr ein Mercedes vor, ein popeliger 190. Da wurde sie auf einmal lebendig. ›Bitte, Herr Schulze‹, ging es, ›danke, Herr Schulze!‹ Sie nahm ihn noch vor mir dran. Das kommt daher, weil ich mit 'm Moped kam. Aber wenn ich jetzt mit 'm Porsche komme und die Sonnenbrille aufhabe und den Pullover trage, und der Schal hängt mir über den Rücken und ich stelle ihn gerade vor das Schaufenster, damit sie ihn auch sehen, dann wird sich die Alte überschlagen, dann wird sie mich vor allen anderen drannehmen und bei jedem zweiten Wort ›bitte‹ und ›danke‹ sagen. Ja, ein roter Porsche ist so gut wie 'ne Uniform vom General!
Lilli kriegt auch 'n Ring, Pickelgesicht auch. Aber das können wir nachher machen. Den Läufer könnte ich auch gut mitnehmen, das ist ein fixer Junge, aus dem wird noch was. Je mehr helfen, um so schneller geht es. Ja, Läufer, Pickelgesicht und Lilli, die andern sind noch nicht sicher genug.

Da ist schon die Lichtburg. Ist aber keiner da von der Bande. Doch, Lilli! Lilli ist immer da.
Jetzt warten wir schon eine Stunde.
Warum kommt Pickelgesicht heute nicht? Ist doch sonst immer da, und ausgerechnet jetzt, wo ich ihn brauche, ist er nicht da. Auch Läufer nicht. Was denen bloß einfällt! Das kommt nicht wieder in Frage. In Zukunft hat jeder abends um acht Uhr vor der Lichtburg zu sein, jeder! Wär ja noch schöner, wenn jeder tun und lassen könnte, was er wollte! So weit geht die Freiheit nicht!
»Ist mir unverständlich, wo Pickelgesicht steckt! Was meinst du, Lilli?«
»Keine Ahnung. Gib mir 'ne Zigarette, Hecht. Mußt sie mehr an die Kandare nehmen.«
»Kommt schon. Ist aber blöd, daß sie heute nicht hier sind. Dann müssen wir die Sache aufschieben.«
»Hast wohl 'ne weiche Birne, Hecht! Ich höre immer aufschieben. Als ob wir das nicht alleine könnten! Ist vielleicht gut, wenn die Heinis nicht dabei sind. Je weniger, um so besser! Du läßt den Motor laufen und hilfst ausräumen. Einfache Sache. — Hecht, wir müssen den Wagen holen, alles vorbereiten. — Hast du den Revolver?«
»Klar! Ist aber doch eine Schweinerei, daß die beiden heute nicht kommen. Wenn jeder machen kann, was er will, kommt man ja nie zu was Vernünftigem. Aber wir müssen wirklich los.«

»Ist 'ne Wolke, Lilli, der Wagen, was? In so einem fahren wir nachher immer aus.«
»Schicker Wagen. Ich glaube, so einen hatten wir noch nie. Mußt mir dann das Fahren beibringen. Will auch fahren, Hecht!«
»Klar, kannst mit dem Porsche rumfahren. Die Straßen sind heute ziemlich leer. Da vorne saust ein Funkwagen vorbei. Sucht sicher einen weißen Porsche. Gib mir 'ne Zigarette, Lilli. Hoffentlich geht alles glatt.«

»Na klar, wieso nicht? Wir müssen nur schnell sein. Ich freu mich schon auf 'n Armband oder 'n Ring oder zwei. Nerven behalten ist alles. Wir haben doch 'ne Menge Filme gesehen. Es war immer die gleiche Geschichte: Wenn was schiefging, hatte jemand die Nerven verloren. Und was der Ranefeld kann, kannst du ja auch.«
»Bestimmt, Lilli! Hast du dem seinen Ring gesehen?«
»Nee.«
»Wär vielleicht doch besser gewesen, wir hätten den gekriegt, dann brauchten wir das Risiko jetzt nicht einzugehen.«
»Klingt nach Bammel, Hecht, wie?«
»Quatsch! Ich meine nur so ... Ist doch ein Risiko. Die Zigarette ist mir ausgegangen, gib mir 'ne neue. Wir sind gleich in der Breiten Straße. Hast du den Stein gut eingepackt?«
»Wie ein Baby.«
»Haust du oder haue ich?«
»Ich.«
»Aber feste, Lilli! So 'ne Scheibe ist dick. So, da ist die Breite Straße ... sie ist elend leer.«
»Ist doch gut.«
»Wer weiß! Man fällt mehr auf, wenn man allein ist. Wär vielleicht besser, wir machten das mittags, wenn die Straße voll ist.«
»Quark! Ist schon richtig jetzt. Fahr langsamer. Da links ist das Geschäft.«
»Da steht einer davor, Lilli.«
»Wird schon abhauen.«
»Du, da vorn ist Polente! Ich dreh ab.«
»Ach wo, ist ein Lieferwagen.«
»Aber da rechts geht einer!«
»Laß ihn doch! Der weiß doch nicht, was wir wollen. Fahr weiter!«
»Sind aber auf einmal 'ne Menge Leute da.«
»Ach wo! 'Ne Handvoll, sind alle eilig auf ihr Bett.«
»Wenn bloß Pickelgesicht und Läufer dabei wären! Aber die sollen mich mal kennenlernen! Mist, wenn man so allein ist! Mit

der ganzen Bande, das ist was anderes! Wenn man zu vielen ist, da ist es besser, aber so allein ...«
»Fang bloß nicht an zu wimmern, Hecht! Reiß dich am Riemen! Los, dreh um, wieder zurück! Langsamer!
So, die Straße ist jetzt ganz leer.
Jetzt hör noch mal zu, wie wir das machen: Du drehst unten wieder und fährst vor das Schaufenster, dann raus, Stein rein, Sachen raus.
Rein in den Wagen und weg! Ganz einfach, kann gar nichts passieren. Klar, Hecht?«
»Ist alles klar, Lilli. Gib mir noch 'ne Zigarette. Die gehen alle aus. Du, Lilli, da ist bestimmt 'n Nachtwächter! Ob die auch schießen dürfen?«
»Quatsch! Ist kein Nachtwächter, ist 'n Arbeiter. Du machst einen noch ganz verrückt mit deinem Gequassel. In der Nähe des Ladens keine Seele zu sehen. Ist der Revolver geladen?«
»Na klar!«
»Ich glaube, den Revolver nehme ich. Hecht, wie funktioniert das Ding? Man zieht hier unten, nicht?«
»O verdammt, bist du verrückt? Jetzt ist ja 'n Loch in der Windschutzscheibe! Ich hätte genauso gut eins im Bauch haben können.«
»Dein Bauch ist aber noch ganz. Kann ja nicht wissen, daß das Ding so leicht losgeht!«
»Wenn das bloß keiner gehört hat! Junge, Junge, 'n Loch in der Scheibe ... da erkältet man sich ja.«
»Halt dich bloß nicht über so Kleinigkeiten auf! Du mußt umdrehen, Hecht!«
»Ob wir's nicht lieber lassen? Heute ist ein Unglückstag. Und überhaupt, mein Horoskop war nicht besonders. Da stand: Vorsicht bei neuen Unternehmungen; zu große Eile schadet nur!«
»Red' nicht so 'n Blödsinn, Hecht! Ist ja nichts passiert. Ich bin scharf auf 'n Ring. Ich will 'n Ring haben, Hecht! Dreh um, Hecht! — Ich will 'n Ring und 'n Auto und alles!«
»Aber mein Horoskop ...«

»Waschlappen. — Los, rechts ran! — Langsam. Die Straße ist leer.«
»Aber da ist doch Halteverbot, Lilli, da kann ich doch nicht halten, da ist Halteverbot! Das gibt 'n Protokoll!«
»Elender Mistkerl! Will ein Fenster ausräumen und hat Angst vor 'm Halteverbot! Halt jetzt die Schnauze und tu, was ich dir sage! — Halt hinter dem Schild. Laß den Motor laufen. Ich habe den Stein und die Tasche. Ich gehe jetzt zuerst raus. Wenn ich es sage, kommst du nach. Klar?«
»Sollen wir nicht erst noch 'ne Zigarette...«
»Quatsch nicht und paß auf!«
Sie geht raus. Ich muß immer tun, was sie will. Sie sagen Hechtbande — Lillibande wär richtig.
Mir ist ganz übel. Autos knacken ist anders, das ist Sport. Von Autos verstehe ich was. Aber so was... Wenn sie mich nun totgeschossen hätte? Ich wollte, es kämen Leute und wir könnten nicht! — Ich habe ein schlechtes Horoskop: Vorsicht bei neuen Unternehmungen!
Lilli flüstert: »Los, raus! Die Luft ist rein.«
Lilli hebt den Stein. Es wird furchtbar krachen. Alle Leute werden wach werden.
Nun hau schon, los, los! Sie sieht sich noch mal um.
Da... jetzt... jetzt haut sie zu...
Die Scheibe ist im Eimer; sie hat ein Loch.
Hau noch mal, Lilli! Was ist das? Trillerpfeifen... Polente! Rein in den Wagen!
»Rein, Lilli!«
Gang rein, Vollgas... weg! Blaulicht zuckt. — Schneller... Vollgas.
Haha, sie kriegen uns nicht! Hecht am Steuer von einem Porsche und kriegen?
Hecht fährt! Das Leben ist nur was wert, wenn man ein Steuer in den Händen hält.
Rechts rein... links rein... wieder rechts... zurück... die und mich mit 'm Porsche kriegen? Nie!

Sind schon abgehängt.
Über den Bauplatz — in die Schrebergärten.
»Halt dich fest, Lilli, ich knalle ihn gegen den Pfeiler!« Drauf!
Bruch! Die Kiste ist im Eimer.
Raus und zu Fuß weg! Lange wird weinen, wenn er seinen weißen Porsche sieht.
»Das ist 'n Ding, Lilli! Komm, wir machen jetzt auf Liebespaar!«

19 *Klaus Müller, 19 Jahre, Abiturient, Flüchtling*
14. Oktober

Sie treiben hier einen unverschämten Wucher mit möblierten Zimmern. Ich muß für das meine hundert Mark bezahlen und darf mir noch jeden Tag anhören, welche Gnade es ist, daß sie es mir überhaupt gegeben haben. Aber man tut ja gern etwas für einen armen Flüchtling.
Die Wohnung besteht aus fünf Räumen. Es ist eine Altbauwohnung. Sie zahlen insgesamt hundertsechsundvierzig Mark dafür. ›Ach ja, wir haben im Krieg ja auch alles verloren!‹ Sie haben noch einen Untermieter, der bezahlt den Rest.
Die Möbel sind zum Weinen: rotes Plüschsofa, ovaler Tisch, zwei Stühle und ein schreckliches Vertiko, dazu ein Bett und ein Kleiderschrank, der zu zwei Dritteln als Lager für alte Sachen dient.
Gestern sagte sie: »Sie haben doch sicher arme Bekannte, denen Sie das nach drüben schicken können. Die Sachen sind ja noch gut. Man hilft ja, wo man nur kann.«
Ich hätte das Weib anspucken können. Alte Kleider! Alles riecht nach Moder, nach Mottenpulver, nach Konservierung. Almosen... Großartige Geberlaune! Es beleidigt bis aufs Blut. Was stellen sich solche Leute nur unter ›drüben‹ vor? Immer wenn mir so

etwas passiert, bin ich fertig; dann möchte ich am liebsten wieder weggehen. Der Teufel soll ihre erbarmungslose Wohltätigkeit holen! Man spürt nicht das geringste Bemühen um Verständnis. Probleme? Sie hat mir eine halbe Stunde lang erklärt, warum die holländische Mastente nicht so gut gewesen sei wie die, die sie acht Tage zuvor hatte. Es gibt Stunden, da bin ich verzweifelt. Ein alter Lehrer sagte mir mal, er habe zwei Jahre gebraucht, um sich einzugewöhnen, aber ich denke manchmal, daß ich es nie schaffe. Dabei kann man die Gründe für alle Schwierigkeiten gar nicht konkret aufzeichnen. Die Menschen sind freundlich, oft hilfsbereit, aber sie sprechen und denken anders als wir. Ja, man kann nicht sagen — gut oder schlecht, man muß sagen: anders.
Wir verstehen uns nicht. Sie haben andere Probleme als wir. Was versteht der Satte vom Hunger? Was kann er von ihm verstehen! Wieweit kann der Gesunde den Kranken verstehen und der Besitzende den, der alles verlor? Würde ich mich jetzt mit den Schmerzen und dem Leid aller Kranken identifizieren, dann gäbe es für mich nur die Möglichkeit, entweder ihr Pfleger zu werden oder an ihrem Leid zugrunde zu gehen.
Ich muß mich entscheiden: Bleiben oder gehen! Mein Leben muß einer Aufgabe dienen. Ich will bewußt mitschaffen an dem Bau unserer Zeit. Wo finde ich dazu die bessere Möglichkeit?
Wenn mein Ehrgeiz darin bestünde, aus einem Dreck einen Markenartikel zu machen, dann wäre ich hier am richtigen Platz, dann gäbe es kein besseres Unterkommen als bei der Firma Jung, und Herr Katz wäre der ideale Lehrer.
Herr Katz fasziniert mich allmählich wie ein unheimliches Dschungeltier. Für ihn gibt es keinen Zweifel; alle Erscheinungen dieser Welt sind Ware. Jedwedes Problem wird sofort durchschaubar, wenn man es auf seinen Verkaufswert untersucht.
»Ideale, mein lieber Müller, sind kalter Kaffee; es kommt darauf an, mit welchem Gewinn man den Artikel los wird. Nächstenliebe läßt sich so gut verkaufen wie Holz, Kautschuk oder unsere Astronaulos.

Jeder Artikel will seine besondere Werbung. Den einen muß man in Gefühle einpacken, der andere verkauft sich am besten nackt. Man kann alles verkaufen, mein lieber Müller! Nehmen wir den Begriff Freiheit. Wir haben ihn zum Markenartikel gemacht. Die Werbung war kostspielig, aber gekonnt, der Erfolg durchschlagend. Freiheit will heute jeder haben, auch wenn er nicht weiß, was sie bedeutet, selbst dann, wenn er gar keine Verwendung dafür hat. Er will sie haben wie irgend einen anderen Artikel des sozialen Prestiges und nur, weil wir sie zu einem Markenfabrikat gemacht haben.«

Ich fragte ihn: »Herr Katz, was verstehen Sie denn eigentlich unter Freiheit?«

»Fragen stellen Sie«, stellte er fest. »Was ich darunter verstehe? Nun, 'ne ganze Menge! Es kommt auf die Gesichtspunkte an, unter denen man sie verkaufen will. Man muß die Neben-, Unter- und Überarten der Gattung Freiheit definieren, die angeboten werden sollen. Es gibt ja tausend Arten von Freiheit. Allen hängt das Wörtchen ›von‹ an. Das haben sie mit dem Adel gemein. Freiheit von Hunger, von Krankheit, von Mangel, von Gewalt, von Unterdrückung, von Gott, von Verantwortung.

Sie sehen also, man kann nicht einfach ›Freiheit‹ sagen. Ein Werbefachmann muß seine Freiheit ganz anders einschätzen als die der Käufermasse, an die er sich wendet. Er braucht die Freiheit der Mittel, die völlige Handlungsfreiheit. Die Käufermasse darf davon so wenig wie möglich behalten, wobei ihr aber die Illusion der völligen Entscheidungsmöglichkeit gelassen werden muß; das ist sehr wichtig.

Die meisten politischen Diktaturen schenken diesem Punkt eine zu geringe Beachtung. Sie beschäftigen zu wenige und zu wenig erfahrene Werbefachleute in ihren Regierungen.«

»Sie meinen also, es gebe nur Freiheiten ›von‹...«

»Natürlich!«

»Aber es gibt doch auch eine Freiheit ›für‹ etwas, und ist das nicht die wirkliche Freiheit?«

»Verstehe ich nicht. Sie reden ein bißchen verschwommen, mein lieber Müller. Wirkliche Freiheit und Freiheit ›für‹!«
»Ich meine die Freiheit nicht als Selbstzweck, sondern als Mittel, um neue Freiheiten zu schaffen. Ich denke an eine Freiheit, die mir die Möglichkeit gibt, mich für eine Pflicht zu entscheiden, Freiheit also zur Bewältigung von Aufgaben und nicht zur Befreiung von ihnen.«
»Wenn Sie jetzt ein Gutachten von mir verlangten, dann würde ich sagen: Der Artikel ist verdammt schlecht zu verkaufen! Ich würde nicht sagen: Er ist gar nicht zu verkaufen; auch dafür gibt es Kunden, nur die Absatzzahlen sind anders. Nee, Freiheit ›für‹ ist kein Artikel; Freiheit ›von‹ verkauft sich leichter!«
So ist Herr Katz. Er ist sich selbst die Mitte. Er kennt keine Zweifel, keine Fragen. Er denkt in einer Fachsprache, die ich erst jetzt allmählich verstehe. Er analysiert die Anatomie des Marktes optisch. Gemeinschaftsarbeit ist Teamwork. Angestrengtes Nachdenken heißt Brainstorming. Das Wörtchen ›Ja‹ habe ich während der ganzen Zeit meiner Arbeit bei ihm noch nie gehört; es heißt grundsätzlich Okay. Das Leben ist Ware, Freiheit wird zum Markenartikel — Umsatzsteigerung ist alles. Suchte ich das? Das Schlimme ist, daß das Leben hier in dem Sinne funktioniert, wie Herr Katz es auffaßt. Es lehnt sich gegen diese Behandlung nicht auf. Er kann daraus also mit Recht auf die Richtigkeit seines Verhaltens schließen. Sollte er aber jemals Zweifel gehabt haben, dann müssen sie durch unsere Astronaulos zum Schweigen gebracht worden sein. Es ist keine Frage mehr. Wir werden sie verkaufen, und zwar wird der Gewinn nach Abzug aller Werbungskosten voraussichtlich höher sein, als für die normale Fertigung kalkuliert wurde. Die Werbung läuft gerade jetzt auf Hochtouren. Sie wurde in Tag- und Nachtarbeit vorbereitet.
Herr Katz sagte: ›Wir setzen auf die Snobs, und zwar auf die Teenagersnobs. Sie werden den Köder nehmen.‹
Herr Katz hat ein paar stellungslose Schauspieler angeheuert, die unsere Astronaulos ganz unauffällig spazieren führen.

Zu den Zeiten, da die Jugendlichen die Cafés bevölkern, sitzen sie dort und lesen Zeitungen. Er hat ihnen strenge Anweisung gegeben, sich ganz zurückhaltend zu benehmen. Sogar Autos stehen ihnen zur Verfügung, denen sie auf den wichtigsten Plätzen im Stadtzentrum gelassen entsteigen. Man sieht sie natürlich immer nur einzeln in Kinos und Kaufhäusern.

Die Aktion soll morgen abgeblasen werden, weil inzwischen schon genügend Käufer da sind, die die Reklame gratis fortführen. Es gibt heute kein Fachgeschäft, das den Astronaulo nicht führt. Der Leiter unserer Verkaufsabteilung hofft zwar immer noch, daß der Absatz zum Stehen kommt, weil ihn sein Fehlurteil schmerzt und weil er vom Chef bei jeder Gelegenheit einen passenden Hinweis erhält. Aber das ist eine Fehlspekulation; der zweite Mann in unserer Firma heißt heute Katz.

Ich habe immer noch nicht gewagt, Karin Hester einzuladen, aber der Zufall wollte es, daß wir uns vor einem Kino trafen, als wir den gleichen Film sehen wollten. Mir schlug das Herz bis zum Hals. Ich wollte alles mögliche sagen, aber mir fiel nichts ein. Mein Kopf war plötzlich ganz leer. Es hat nur zu einigen Banalitäten gereicht. Ich wäre glücklich gewesen, wenn wir nebeneinander hätten sitzen können, aber soweit ging der Zufall nun wieder nicht. Wahrscheinlich habe ich eine schlechte Figur gemacht. Sie war sehr freundlich. Aber trotzdem ist eine Distanz zwischen uns.

Die Beschäftigung mit Karin Hester hat mir aber auch klargemacht, daß ich im Grunde noch gar kein Recht habe, mich einer Frau zu nähern. Ich habe nichts und bin nichts, schwanke hin und her. Ich muß erst das Ziel wissen und beweisen, daß ich sehr wohl in der Lage bin, auch für die andere Hälfte die Verantwortung zu tragen.

Um eine Frau werben, ist doch mehr, als nur die Zeit mit Unterhaltung zu füllen. Unsere Wege führten uns vor dem Rathaus noch einmal zusammen. Wir sprachen miteinander, belanglose

Worte, die aber Bedeutung erhielten, weil sie zwischen uns gewechselt wurden. Sie hatte eine Besorgung zu machen; wir mußten uns verabschieden. Was ich sagen wollte, kam wieder nicht über meine Lippen. Wahrscheinlich macht sie sich gar nichts aus mir, und sicherlich hat sie viele Verehrer, junge Männer, wohlhabend, gut aussehend, mit Autos, Söhne wohlhabender Väter. Ich habe nichts. Ich kann mein Ansehen nicht vom Vermögen meines Vaters beziehen. Wenn ich Achtung begehre, dann muß ich diesen Anspruch durch eigene Leistungen unterbauen.
Wer eine Karin Hester gewinnen will, der muß beweisen können, daß sie sich ihm anvertrauen kann.
Gedanken über Gedanken! Mitunter komme ich mir sehr alt vor, unermeßlich erfahren, dann wieder so jung und unwissend. Es gibt Stunden, da kreisen alle meine Gedanken um Karin Hester oder vielleicht um eine, die wie Karin Hester ist... Dann führen alle Wege auf sie zu. Ich begehre dann in einer ohnmächtigen Art dagegen auf. Ist die Auflehnung dagegen nicht überhaupt falsch? Ist die Frau die andere Hälfte meines Lebens, dann muß alles Denken und Handeln auf sie ausgerichtet sein, und ich brauche mich nicht meiner geheimsten Gedanken, nicht meiner Träume zu schämen...
Lange verschlingt Karin Hester jedesmal mit den Augen, wenn sie vorüber geht. Er produziert sich sehr auffällig vor ihr, doch sie sieht es nicht oder will es nicht sehen. Ich bemerkte, daß er sie vor einigen Tagen nach Dienstschluß einlud, mit ihm in dem neuen Auto nach Hause zu fahren, aber sie lehnte ab und stieg in unsere gemeinsame Straßenbahn. Ich war sehr glücklich darüber.
Jetzt, da ich Lange täglich sehe, erscheint er mir als der typische Vertreter einer bestimmten wohlhabenden und völlig versnobten Jugendgruppe. Ich glaube nicht, daß mein Urteil falsch ist. Er ist der Snob, der junge Snob, der in allem den erwachsenen Vorbildern nachstrebt, und Herr Katz baut zu Recht auf diese Gruppe. Aber ist das so unverständlich? Sie alle suchen nach Vorbildern.

Leider ergibt es sich, daß die wertvollsten am wenigsten Ansehen in der Gesellschaft besitzen und keinen äußeren Glanz ausstrahlen. Mit ihnen läßt sich keine Verkaufswerbung betreiben. So fällt die Wahl zwangsläufig allzuoft auf die schlechten Vorbilder. Aber ist die Jugend daran schuld? Ist Lange zu verurteilen?
Es ist ganz unmöglich, mit ihm ein Gespräch zu führen. Ich habe es versucht. Probleme interessieren ihn nicht. In seinem Gehirn ist dafür kein Platz; es ist völlig von seinem ›Ich‹ ausgefüllt. Er fühlt sich keiner Gemeinschaft zugeordnet und verpflichtet, sondern sieht nur eine Verpflichtung der Gesellschaft gegen die eigene Person.
Ich sehne mich nach der Wärme einer freundschaftlichen Bindung, denn sicher wächst der einzelne nur im helfenden Mit- und nicht Gegeneinander.

20 *Peter Ranefeld, 18 Jahre, Schweißer*
15. Oktober

Ich gehe!
Ich liebe es, zu gehen — am Tage, in der Nacht.
Der Ring zieht meine Gedanken immer noch an sich, obwohl er weg ist. Und über gut und böse ist das letzte Wort noch nicht gefallen.
Es soll Edelsteine geben, denen ein Fluch anhaftet, so daß jeder, dem sie zufallen, mit Unglück geschlagen wird. Das ist natürlich Unsinn. Aber auch ich vermeine irgendwo im Dunkel einen unwirklich bläulichen Schein wahrzunehmen, der von dem Stein des Ringes ausgeht, der mich erschreckt und selbst durch meine geschlossenen Augenlider fällt. Es ist ein kalter Schein, ein böser Schein.
Ist natürlich alles Einbildung. Ich sehe ihn nur in meiner Fantasie.

Es hängt mit gut und böse zusammen, glaube ich. Jetzt, da er Ring weg ist, vermag ich unbeeinflußt darüber nachzudenken, denn er hat mich beeinflußt.
Ich wollte ihn behalten. Warum nur, wo ich doch nach seinem Verlust keinen Schmerz empfinde?
Heute ist mir manches unverständlich. Ein Ring besitzt nicht den geringsten inneren Wert, und er ist zu jeder Funktion unfähig. Warum wollte ich ihn also behalten? Ich muß ehrlich zu mir selber sein: Zuerst machte es mir Freude, Lange zu ärgern, dann sprach er meine Eitelkeit an; ich wollte mit einem Ring angeben — genau das war es: Angeben!
Ich war stolz auf meine ›Ringhand‹. Als ob das was wäre!
Und gut und böse? Es war böse, ihn zu behalten. Ja, ich nahm etwas, was mir nicht gehörte. Ich fand tausend Entschuldigungen und vermochte gut und böse nicht zu unterscheiden. Aber in meinem Inneren rief eine Stimme von Anfang an: Es ist böse!
Ich versuchte, sie stummzumachen, doch sie wurde lauter, je länger ich den Ring besaß. Ich glaube, daß ich jetzt die Antwort auf diese wichtige Frage gefunden habe.
Ich brauche nicht alle Gesetze zu kennen und tausend Fragen zu stellen, denn eine Stimme in mir sagt genau, was böse ist. Sie hat es auch bei dem Ring gesagt, und es kommt nur darauf an, ihr immer Gehör zu schenken. Ja, man muß auf diese Stimme lauschen, auf diese Stimme, die ohne Ton ist und die doch so laut hallt. Es kann ja auch einmal sein, daß ein Gesetz sagt: Das ist gut, das mußt du tun!
Aber die Stimme in mir behauptet: Es ist böse! Dann ist die Stimme wichtiger als das Gesetz, denn die Stimme lügt nicht; ich weiß es jetzt. Der Ring hat mir zu dem Wissen verholfen. Ich möchte wissen, an welcher Hand er jetzt blinkt, und ob er dort auch die Stimme weckt.
Es gibt Dinge, die kann man nicht aus Büchern und von Lehrern übernehmen; man muß selbst darauf kommen.
Ich gehe.

Es ist eine Lust, zu gehen.
Warum starren die Menschen nur immer so durch die Schaufensterscheiben? Die beiden grauhaarigen Frauen sehe ich stets um diese Zeit vor den Auslagen von Brauers Modegeschäft. Sie vergessen darüber ihre Umwelt. Ihre Hüte sehen aus wie verbeulte Kochtöpfe. Der eine ist rot, der andere grün. Es fällt mir jetzt erst richtig auf: Die Menschen streichen an den Fenstern vorüber wie hungrige Hunde, und die gewichtige Frau aus der Nacht, in der ich den Fensterschreck sah, steht mit ihrem Blumenhut wieder vor einem Metzgergeschäft. Es stehen überhaupt sehr viele Menschen davor und bestaunen die gebrühten Schweineköpfe.
Teufel, ich glaube, wenn ich gezwungen würde, einige Zeit in solch ein Fenster zu sehen, dann kriegte ich keinen Bissen Fleisch mehr hinunter! Sind Stunden, die man so in Schaufenster starrt, nicht unwiederbringlich verloren?
Der ganz Alte erzählte heute, wie er des Abends gern über die Felder gegangen sei, im Sommer, um die Ähren zu streicheln. Genauso sagte er es: um die Ähren zu streicheln! Er sah dabei ganz traurig auf seine Hände, als suche er nach Spuren von den vielen Ähren, die sie berührt hatten. Er hat ja schon viel erzählt, er lebt ja nur im Damals. Er hat mir immer leid getan, und ich habe nie begriffen, was es ihm bedeutete, aber heute verstand ich ihn auf einmal. Ich ahnte Verborgenes.
Ähren streicheln!
Was man streichelt, muß man lieben. Es muß lebendig sein. Ein Mann, der im Akkord Löcher stanzt, wird die Löcher nicht streicheln wollen. Man streichelt Tiere, Menschen, Gewachsenes, Lebendiges. Er streichelte Ähren. Sie waren mehr für ihn als nur ein Mittel zum Geldverdienen. Und weil sie lebendig waren, und weil er sie liebte, darum kann er sie nie vergessen. Ich will in Zukunft nachsichtig mit ihm sein, denn er verlor nicht nur seinen Arbeitsplatz; er verlor sein Leben. Aber ich bin dabei, das meine zu gewinnen.

Bin ich wirklich dabei, es zu gewinnen? Kann ich die Schweißnähte streicheln, die ich lege?
Nein! Ich mache meine Arbeit zwar gern, ich verdiene mein Geld damit — nicht mehr. Aber das ist es: Man muß seine Arbeit streicheln können ... Unter meinen Händen muß etwas wachsen und werden, es muß sinnvoll sein, und ich muß es erschaffen. Und wenn das, was dann wird, ganz aus mir kommt, dann werde ich es streicheln können ...
Der ganz Alte hat mir schon manche Predigt gehalten. Ich habe immer gedacht: Red nur, hast ja keine Ahnung. Aber jetzt sagt er ein Wort ohne Absicht, und es trifft mich ins Herz, zeigt mir einen Weg und setzt mich ihm gegenüber ins Unrecht.
Streicheln können ...
Wen möchte ich streicheln?
Meine Mutter. Und sonst? Das kleine, hübsche Töchterchen unseres Flurnachbarn? Vielleicht. Ich habe immer das Verlangen, sie einmal ganz herzhaft in die Arme zu nehmen, so als ihr Beschützer. Und sonst?
Karin Hester ... Ja, sie! Ich möchte ihre Haare berühren, ihre Hände, ihre Stirn, ihren Mund. Sie möchte ich am liebsten streicheln. Aber sie ist stolz. Sie kann andere haben. Was kann ihr ein Schweißer schon bieten? Der Lange mit seinem Auto und allem, was dazu gehört, braucht sicher nur mit einem Finger zu winken, und sie kommt.
Aber verflucht und verdammt, bin ich denn weniger wert?
Weniger wert ... Woher soll sie wissen, was ich wert bin. Woran soll sie erkennen, wer ich bin? Ja, das ist die Frage! Ich muß Beweise bringen. Ich muß ihr beweisen, daß ich etwas zu leisten imstande bin.
Nein, nicht etwas, sondern viel! Ich bin nur ein Schweißer, aber ich will es nicht bleiben. Ich will eine Arbeit tun, die ich streicheln kann. Jetzt, in dieser Minute, schwöre ich es vor mir: Ich will etwas werden, ich will viel werden, ich will das Leben streicheln können!

Der Abend ist kühl und klar. Alle Geräusche klingen deutlich und nah. Feste Frauenschritte hämmern auf den Bürgersteigen einen harten Takt.
Der ganz Alte ging früher am Abend über seine Felder. Ich gehe durch diese Stadt und freue mich auch. In der Baugrube, aus der das neue Kaufhaus emporwachsen soll, schieben Erdräumer gleich gewaltigen Käfern Geröllrollen vor sich her.
Bagger beladen Lastwagen. Unablässig senken die Maschinen mit Nagen, Kratzen und Reißen die Sohle des Kraters. Viele Lampen verstrahlen ihr Licht und ersetzen die Sonne. Wie viele andere, so stehe auch ich an der Baugrube und beobachte das Treiben in dem künstlichen Krater. Immer stehen Menschen hier und schauen hinab.
Der ganz Alte sah nicht, was sein Enkel sieht.
Wenn ich weiß, daß ich am wirklichen Leben mitschaffe, dann kann ich auch Maschinen streicheln...

Ich ging heute abend durch viele Straßen, jetzt laufe ich. Ich werfe die Beine, die Arme pendeln vor und zurück. Ich laufe aus Freude, ich fühle meinen Körper, ich fühle meine Kraft.
Freude!
Ich laufe!
Ich bin jung!
Ich bin voll Kraft. Ich will das Leben jagen, halten und es dann streicheln.
Mitternacht.
Stille Straßen, tönende Schritte, leises Rauschen einzelner Wagen. Die blinkenden Augen der Ampeln werden stumpf. Aus der Eckkneipe kommt völlig betrunken der Straßenmusikant, der den Verkehrslärm auf der Hohen Straße mit seinem Bandoneum noch verstärkt. Hier vertrinkt er immer seinen Tagesverdienst. Aus der Kneipe kommen mitunter interessante Typen. Aus dem Schatten dieses Türeinganges kann ich gut beobachten. Der Musikant zieht unregelmäßige Bogen über den Asphalt. Seine Beine

scheinen von einem eigenen unentschlossenen Willen gesteuert; sie gehen immer zögernder, verhalten schließlich. Seine Arme greifen hastig hilfesuchend ins Leere und finden endlich an einem Laternenpfahl Halt. Dann kommt ein würgendes, widerliches Erbrechen. Von oben beleuchtet das Neonlicht erbarmungslos diese Szene menschlicher Erniedrigung.
Ich will verflucht sein, wenn ich mich jemals so besaufe! Aber wieviele Erwachsene habe ich schon so gesehen. Und wenn sie darüber reden, dann klingt es, als sprächen sie von einer Heldentat.
Schweine!
Der Hauptwachtmeister Wolters hat auch Dienstschluß. Man merkt, daß er es eilig hat, nach Hause zu kommen. Ich mag ihn gut leiden; er ist nicht ein so scharfer Hund wie viele seiner Kollegen. Polizist zu sein, ist kein schlechter Beruf, wenn man es richtig betrachtet. So über diese schlafende Stadt zu wachen, das ist schon was. Ist überhaupt eine großartige Sache, so eine Stadt. Schon allein die Menschen mit allem zu versorgen, was sie brauchen. Und dann die Kanalisation! Jeder Tropfen Wasser fließt ab. Es gibt keine Abfallhaufen. Für alles ist gesorgt. Man nimmt das als etwas Selbstverständliches hin, aber es ist doch gewaltig, diese Zusammenarbeit.
Im Grunde sind gerade die einfachsten Berufe am wichtigsten. Wenn die Straßenbahner streiken, dann ist gleich der Teufel los. Wenn die Männer von der Müllabfuhr nicht mehr mitmachen, dann ersticken wir bald im Dreck. Mit den Polizisten ist es genau so. Es wird zwar mächtig über sie gemeutert, aber wenn sie nicht wären ...
Da kommt wieder ein Auto.
Dämlich, so was zu denken! Ist natürlich normal, daß ein Auto kommt. Aber der Wagen erinnert mich an den Schaufensterschreck; es sitzt auch nur ein Mann drin. Er fährt runter, an dem Polizisten vorbei und verschwindet. Hätte ich damals der Polizei melden müssen, was ich sah?

Wer mag der Fensterschreck bloß sein? Er hat nun schon eine ganze Reihe von Einbrüchen auf die gleiche Weise verübt und man hat ihn noch nicht gekriegt. Aber beim letzten Mal hat es nicht geklappt. Er hatte ein Mädchen dabei. Sie schlugen nur die Scheibe ein und mußten in einem roten Porsche flüchten. Vielleicht war er das gar nicht? Ja, so wird es sein: Er war es nicht. Der Schaufensterschreck arbeitet allein.

Das gefällt mir an ihm. Ich habe für Einzelgänger eine kleine Schwäche. Ich glaube auch nicht, daß er einen so auffallenden Wagen nimmt. Ein Mädchen war dabei ... hm.

Der rote Porsche paßt zu Hecht. Hecht hatte Pläne. Zu Hecht gehört Lilli. Lilli ist ein Satan.

Ich habe auf einmal ein so schlechtes Gefühl.

Die Straße ist fast leer. Wolters biegt gleich in die Luisenstraße ein, da wohnt er. Ein Auto kommt von unten herauf. Es ist derselbe Wagen. Er fährt ganz langsam. So langsam fuhr der Fensterschreck...

Blödsinn! Gespenster! Er fährt doch nicht gerade einem Polizisten vor der Nase herum! Aber trotzdem... der Wagen hält.

Was war das? Eine Fehlzündung?

Der Wagen saust weg, verschwindet in Richtung Rathausplatz? Warum fährt er so schnell weg?

Und wenn es keine Fehlzündung war — sondern ein Schuß?

Wo ist der Wachtmeister?

Weg. Nein, er liegt auf dem Bürgersteig! Hin, ich muß ihm helfen! Ein Mord, es ist ein Mord passiert!

Da, ein Funkwagen! Auf die Fahrbahn!

»Halt, halt! Es ist was passiert! Da ... da unten wurde ein Mann niedergeschossen!«

Ich bin im Wagen. Der Fahrer sagt: »Hier Heinrich 5, hier Heinrich 5! Sofort einen Arzt zur Hermannstraße! Bewaffneter Überfall!«

Wir halten. Der Wachtmeister lebt noch. Er liegt in einer Lache von Blut.

21 Erhard Vollrath, 20 Jahre, Dekorateur
16. Oktober

Pickelgesicht ist ein prächtiger Bursche. Als ich ihn kennenlernte, saß etwas Wölfisches in seinen Augenwinkeln, und sein Lachen war immer nur ein verkniffenes Grinsen. Aber jetzt strahlen seine Augen, und er lacht laut und herzhaft. Wir haben in den letzten Tagen ganz schön geschuftet, aber es macht Spaß! Wir bestaunen manchmal unser Werk und sind stolz darauf. Seine Freunde nennen ihn alle Pickelgesicht, obwohl er doch Otto heißt. Ein paarmal habe ich mich auch dazu verleiten lassen, aber es soll nicht wieder vorkommen.

Otto entwickelt einen täglich wachsenden Eifer. Über die Bezahlung seiner Arbeit hat er mit keinem Ton gesprochen. Statt dessen schlug er mir vor, seinen Chef, einen reichen Bauunternehmer, um Material anzugehen. Wir sind also zu ihm gegangen. Er ist ein hünenhafter, schwerer Mann, und er war nicht gerade guter Laune. Mich erinnerte er sogleich an einen gereizten Stier.
»Chef«, sagte Otto, »mein Freund will Sie was fragen.«
»Keine Zeit jetzt!« brüllte der Stier.
»Müssen aber Zeit haben«, sagte Otto, »ist wichtig!«
Dem Stier verschlug es die Stimme. »Was soll's denn sein?« fragte er schließlich. »Aber ein bißchen dalli!«
Ich erzählte, um was es ging.
»So, für das faule Volk aus den Baracken soll ich Material stiften?«
»Für die Kinder des faulen Volkes«, verbesserte ich.
»Kommt auf eins raus!« schnaubte er. »Verdammt nochmal, immer diese Anzapferei! Wer weiß überhaupt, ob stimmt, was Sie mir da erzählen. Und umsonst tun Sie das ja wohl auch nicht.«
»Natürlich tun wir das umsonst. Wer soll uns denn etwas geben? Die Kinder vielleicht? Muß man denn für alles Geld fordern?«
»Natürlich!« brüllte der Stier. »Für alles! Kann ich so ein Haus vielleicht umsonst bauen? Geld ist die Angel, an der sich die

Tür bewegt. Sprecht bloß nicht so verächtlich vom Geld, dazu seid ihr noch zu grün! Und außerdem habe ich noch keinen gefunden, der etwas umsonst macht. Quatscht also kein Blech!«
Da redete Otto. »Chef«, sagte er, »wir haben diese Nacht bis zwölf gearbeitet — ohne Geld. Und wir arbeiten auch weiter ohne Geld. Auf dieser Baustelle verkommt mehr Material, als wir brauchen. Wenn Sie uns nicht helfen, haue ich morgen in den Sack. Mauerleute sind knapp. Dem nächsten erzähl ich dann die Geschichte, die wir Ihnen erzählt haben. Und dann sage ich: Wenn du fünfzig Sack Zement gibst und einen Lastzug Sand, dann fange ich bei dir an. Dann haben wir das Material, und Sie können Ihr Geld behalten.«
Mir war das ungemein peinlich, aber der Stier schien diese Sprache in Ordnung zu finden. Er knurrte noch eine Weile unverständliches Zeug und erklärte schließlich: »Also, meinetwegen fünfzig Sack und einen Lastzug Sand. Sag dem Markus Bescheid, Otto.«
»Und zwanzig Sack Kalk, Chef!«
»Gut. Aber ich sehe mir euern Laden mal an, und wehe, wenn ihr mich beschwindelt habt!«
Am Samstagnachmittag, als wir an einer Zwischenmauer arbeiteten, kam er tatsächlich in seinem schweren grünen Wagen angefahren. Wir störten uns nicht an ihn. Er musterte alles, fragte nach diesem und jenem, sprach mit den Barackenkindern, die alte Ziegelsteine abklopften, brummte vor sich hin und zog schließlich einen Zollstock hervor. Als der Garagenbesitzer hinzukam, hat er lange mit ihm gesprochen. Dann hat er uns gerufen und geknurrt: »Ihr beide werdet ja nie fertig. Wenn ihr nichts dagegen habt, will ich das mal in die Hand nehmen.«
Wir hatten nichts dagegen!
»Junge«, sagte Otto, »der Alte ist doch ein Kerl!«
Ich bin natürlich glücklich, und die Kinder freuen sich riesig auf ihr Haus. Es wird alles besitzen, was sie in ihren Wohnhöhlen nicht kennen: Licht, Platz und Sauberkeit.

Aber mit Otto ist trotzdem nicht alles in Ordnung. Mitunter kommt eine große Unruhe über ihn. Er verschwindet dann plötzlich mit seinem Moped und kommt erst nach ein paar Stunden mit sehr schuldbewußtem Gesicht wieder zurück. Gestern kam ein junger Bursche in einer Lederjacke und redete auf ihn ein. Ich hörte, wie er sagte: »Auf Verrat steht Tod!« Ich meine, ihn schon mal gesehen zu haben. Er führte sich ziemlich unverschämt auf, und Otto wurde zusehends nervöser.
Ich weiß nicht, was da gespielt wird, aber etwas Gutes jedenfalls nicht. Doch sicher ist es nicht richtig, wenn ich mich da einmische; Otto muß selbst mit seiner Vergangenheit fertig werden. Er redete den Jungen mit ›Läufer‹ an.
Ich möchte nur wissen, ob ich den Burschen schon mal gesehen habe. Er machte einen ziemlich verwahrlosten Eindruck, aber an seinem Mittelfinger trug er einen sehr wertvollen Ring. Er paßte zu ihm wie die Faust aufs Auge. Der Stein versprühte im Lampenlicht ein strahlendes Feuer. Es gibt ja heute die merkwürdigsten Dinge.
Auf Verrat steht Tod. Wie sich das anhört!
Wenn ich nur wüßte, wo ich den Burschen schon gesehen habe! Ich fragte Otto, wie sein Freund an einen so teuren Ring gekommen sei. Er hatte ihn gar nicht bemerkt.
»Wenn du ihn gerne haben willst, besorge ich ihn dir«, sagte er, »mit dem Läufer kann man bestimmt handeln.«
Mich interessiert der Ring, nicht weil ich ihn besitzen will; aber er geht mir nicht aus dem Sinn.
Als ich Otto fragte, wer Läufer sei und wo er wohne, da wurde er sehr wortkarg. Er mochte nicht darüber reden. Aber das freche Gesicht des Burschen habe ich bestimmt schon mal gesehen...

In der vergangenen Nacht ist etwas Schreckliches geschehen. Ein Polizist wurde aus einem fahrenden Auto erschossen. Er hinterläßt eine Frau und zwei kleine Kinder. Von dem Täter fehlt jede Spur. Über das Motiv tappt man ebenfalls im Dunkeln. Ein jun-

ger Mann hat alles beobachtet. Man hat den Eindruck, daß allzuviele Verbrechen nicht aufgeklärt werden. Den Schaufensterschreck hat man auch noch nicht gefaßt. Er wird allmählich zur Heldenfigur. Die Polizei sagt: Wir sind überlastet. Es ist anzunehmen, daß es so ist. Der größte Teil der Straffälligen kommt sicherlich nur durch Verleitung auf die schiefe Bahn. Man sagt dann: diese Jugend — und begreift nicht, daß es ›diese Jugend‹ gar nicht gibt, daß es nur Jugend gibt, die sich wie eh und je an der Erwachsenenwelt orientiert und deren getreues Spiegelbild ist. Warum nur schenkt man der ganzen Erziehung noch immer eine so geringe Bedeutung? Warum baut man die Schulen nicht aus, warum sind immer noch zu wenig Klassenräume und Lehrer vorhanden?
Fragen über Fragen, und jede Frage ist eine Anklage! Ein einziges Düsenflugzeug kostet viele Millionen, dafür ist das Geld da. Aber für genügend Erzieher vermag man nicht zu sorgen. Oder verstehe ich das falsch?
Läufer hatte ein gutes Gesicht. Der böse Zug war nur seine Maske. Wer weiß, was an ihm gesündigt wurde! Vielleicht sorgt er morgen auch dafür, daß die Polizei nicht arbeitslos wird.
Ich muß immer noch an den Ring denken, den er trug. Der Ring paßte nicht zu ihm. Wie hängt Otto mit ihm zusammen? Läufer ist doch viel jünger als er, fast noch ein Schulkind.
Wenn die Garage fertig ist, brauche ich noch mehr Helfer und Helferinnen. Ich stelle mir das so vor: Die Kinder können von 14 bis 20 Uhr kommen. Es muß immer ein freiwilliger Helfer die Aufsicht führen. Ich werde auch Bücher und Spielzeug sammeln — vor allem Bücher. Sie wissen gar nicht, was ein Buch ist. In den Baracken gibt es nur Illustrierte und Fernsehapparate. Kein Mensch liest ihnen ein Märchen vor oder eine spannende Geschichte. Aber gerade darauf freue ich mich besonders.
Wenn ich nur genug gute Helfer gewinne! Doch ich glaube, daß sie da sind, wenn ich sie brauche.
Wo habe ich den Jungen mit dem Ring nur schon mal gesehen?

Ich muß immer an den blitzenden Stein und an seine schmutzige Hand denken.
Otto hat ein Geheimnis. Ich will versuchen, ob er sich mir nicht anvertraut, denn mir scheint, sein Geheimnis ist für ihn auch eine Last, deren er ledig wird, wenn er mir davon berichtet.

22 *Peter Ranefeld, 18 Jahre, Schweißer*
17. Oktober

Was schreit der Meister? Ach so, ich soll mal in seine Bude kommen. Gleich, nur nicht so eilig! Die Naht muß erst gelegt sein. So! Was mag er wieder haben? Schwieriger Auftrag wahrscheinlich. Warum nicht? Zu tun, was jeder kann, macht keinen Spaß. Nanu, zwei fremde Männer? Die sind sicher von der Betriebsleitung. Gehen mich nichts an. Oder doch?
Der Meister sagt: »Die Herren möchten dich sprechen.«
Er sagt das mit einer etwas merkwürdigen Stimme und geht raus.
Ich sage: »Bitte.«
»Kriminalpolizei.«
Einer der beiden hält mir einen Ausweis unter die Nase. Kriminalpolizei? Aber ich habe doch nichts verbrochen?
»Um was geht es denn?« frage ich.
»Das wird man Ihnen auf dem Präsidium schon sagen. Ziehen Sie Ihre Arbeitssachen aus, und kommen Sie mit!«
Ich will was sagen, aber ich finde die Worte nicht. Das ist doch ... das ist doch ... Ein Irrtum ist das! Natürlich!
Die beiden gehen mit mir. Sie lassen mich wahrhaftig nicht aus den Augen. Sie haben teilnahmslose Fischaugen. Aber wahrscheinlich sind sie gar nicht teilnahmslos, sondern sehr wach. Einer hat die rechte Hand in der Jackentasche. Ob ein Revolver darin steckt? Die Kollegen gucken erstaunt herüber.

Wenn ich bloß wüßte, warum sie mich holen! Aber natürlich, jetzt habe ich es: Es ist wegen des Mordes. Sie haben mich ja vorgestern nacht gründlich vernommen, und ich habe alles gesagt. Aber sie wollen noch mehr wissen. So wird es sein. Darum also!
»Will man wegen des Mordes noch was von mir wissen?«
»Keine Ahnung. Sie werden es auf dem Präsidium schon erfahren.«
Unhöfliche Bande! Natürlich ist es das. Tun wer weiß wie geheimnisvoll.
Wenn es aber doch was anderes ist? Aber was denn? Ich habe doch nichts gemacht!
Wir gehen raus. Alle gucken uns nach. Vor dem Werkstor steht ein Auto und wartet auf uns.
Der Raum sieht aus wie ein altes Klassenzimmer, grau, alles ist grau. Reiß dich am Riemen, Ranefeld, du hast nichts gemacht! Sie sollen fragen, wozu sie Lust haben.
Die drei Beamten könnten Drillinge sein. Sie haben völlig ausdruckslose Gesichter. Ich glaube, sie können nicht lachen und nicht weinen.
»Setzen Sie sich«, sagt der hinter dem Tisch und blättert weiter in seinen Akten. Der an der Schmalseite des Tisches spitzt einen Bleistift. Er tut es so gründlich, als sollte er einen Preis dafür haben. Und der dritte sitzt an der Tür und liest in einer Zeitung. Der hinter dem Tisch klappt die Akten zu. Er mustert mich, wie ein Pferdehändler ein Pferd mustert. Ob das ein Amtsblick ist? Aber vielleicht guckt er immer so. Er soll glotzen wie er will; ich bin unschuldig, ich weiß nichts! Er spricht, endlich!
»Sie heißen?«
»Peter Ranefeld.«
»Geboren...«
»18. 1. 44«
»Wo?«
»Auf der Flucht von Pommern!«
»Aber irgendwo müssen Sie doch geboren sein.«

»Ja, in einem Chausseegraben, fünfzig Kilometer östlich von Berlin.«
»Sie wollen mich wohl auf den Arm nehmen, wie?«
»Nein, es stimmt genau. Fragen Sie meine Mutter. Sie hat mich dann in Berlin angemeldet.«
Er sieht mich einen Augenblick prüfend an: »Also in Berlin.«
»Vielleicht kann man so sagen.«

Ich habe das alles schon bei der Vernehmung in der Mordnacht gesagt. Aber Beamte sind so; sie wollen alles dreimal wissen, Haarfarbe, Augenfarbe, besondere Kennzeichen. Wenn er sich nur beeilen würde, damit ich endlich erfahre, warum ich hier bin! Der an der Schmalseite schreibt, der dritte liest immer noch die Zeitung. Mein Vernehmer steckt sich eine Zigarette an, bietet mir auch eine an. Ich lehne ab.
»Sie rauchen wohl überhaupt nicht?«
»Nein.«
»Dann können Sie natürlich viel Geld sparen, dann können Sie sich allerhand kaufen, beispielsweise einen teuren Brillantring.«
Endlich! Die Katze ist aus dem Sack. Ich bin ganz verblüfft. Ich muß denken, schnell und scharf denken! Was steckt dahinter?
»Von Ringen verstehe ich nichts, habe auch keinen Spaß daran.«
»Ach, das ist aber interessant! Sie haben doch einen Ring mit einem sehr wertvollen, auffallend großen, ovalen Brillanten? Ein kostbares Stück, wahrscheinlich ein Erbteil, wie?«
Vorsicht, Vorsicht! Der Ring ist weg. Gut, daß er weg ist!
»Ich habe mir nie einen Ring gekauft. Warum reden Sie eigentlich von solchen Sachen?«
»Mein lieber Freund, Fragen stelle ich hier allein. Daß Sie keinen Ring gekauft haben, glaube ich Ihnen gern, das glaube ich Ihnen sehr gern. Aber Sie tragen doch einen Ring?«
»Nein. Hier sind meine Hände, überzeugen Sie sich!«
»Sie werden ein so kostbares Stück natürlich nicht bei der Arbeit tragen, Sie werden es zu Hause haben.«

»Herr Kommissar, ich weiß wirklich nicht, wovon Sie reden! Ich besitze keinen Ring, weder hier noch zu Hause.«

»Na ja, wie Sie wollen! Lassen wir das vorerst. Haben Sie eigentlich einen Führerschein?«

»Nein.«

»Aber autofahren können Sie natürlich. Das können die jungen Leute heute ja alle.«

»Aber ich nicht, Herr Kommissar. Autos interessieren mich nicht.«

»Sie sind wirklich zu bescheiden, mein lieber Ranefeld! Natürlich können Sie autofahren! Ich habe einen Sohn, so in Ihrem Alter, der hat auch noch keinen Führerschein, aber von Autos versteht er mehr als ich. So geht es Ihnen bestimmt auch.«

»Leider nicht, Herr Kommissar. Ich mache mir tatsächlich nichts aus Autos.«

»Aber das können Sie mir doch nicht erzählen! Jeder junge Mann macht sich was aus Autos. Und Sie werden doch sicher auch davon träumen, einmal ein eigenes zu haben.«

»Warum soll ich von Autos träumen? Es gibt schönere Dinge. Ich brauche mein Geld für andere Sachen.«

»Wofür beispielsweise? Erzählen Sie mir mal, wofür Sie Ihr Geld brauchen? Sie rauchen nicht, Sie kaufen keine Ringe, aus Autos machen Sie sich nichts ... Wofür brauchen Sie also Ihr Geld? Sie verdienen doch gut, dreihundertzweiundsechzig netto im letzten Monat.«

Er weiß alles! Wohin will er? Was soll das bloß? Hat Lange mich angezeigt?

»Es gibt auch noch was anderes, Herr Kommissar. Ich will Ingenieur werden, ich möchte weiterkommen.«

Meine Antwort verblüfft ihn. Er denkt nach und mustert mich ganz erstaunt. Zum erstenmal ist ein menschlicher Ausdruck in seinen Augen.

»So, so ... Aber sagen Sie mal, wo waren Sie in der Nacht vom 11. zum 12. Oktober?«

»Weiß ich nicht. Im Bett wahrscheinlich.«

»So, nur wahrscheinlich. Aber sicher ist das nicht? Wo können Sie sonst gewesen sein?«
»Das kann ich jetzt nicht sagen.«
»Sie sind also nicht in jeder Nacht in Ihrem Bett?«
Vorsicht, Vorsicht! Ich glaube, es geht um Hechts Autofahrten.
»Natürlich bin ich in jeder Nacht im Bett, aber...«
»Was meinen Sie mit ›aber‹?«
Nur nicht nervös werden, Ranefeld, Ruhe! Er paßt auf wie ein Luchs.
»Man kommt schon mal später zu Bett.«
»Natürlich, wer tut das nicht! Vorgestern waren Sie ja auch noch bis 0,30 Uhr auf der Straße.«
»Ja!«
»Sie sahen, wie der Mord passierte.«
»Ja.«
»Wo sind Sie eigentlich so lange gewesen?«
»Das habe ich schon bei meiner Vernehmung erzählt.«
»Ich möchte es aber noch mal hören. Beschreiben Sie genau den Weg, den Sie machten.«
»Ich ging um neun Uhr aus meiner Wohnung und machte einen Spaziergang über die Breite Straße. An der Baugrube des neuen Kaufhauses bin ich längere Zeit stehengeblieben. Dann habe ich die Lessingstraße bis zum Ende durchwandert, bin von dort zum Rathausplatz gegangen und weiter durch die Moltkestraße bis zum Turmcafé. Von dort zurück zur Hermannstraße. Als es zwölf Uhr schlug, war ich an der Eckkneipe.«
»Sie sind also während der ganzen Zeit in keinem Lokal gewesen?«
»Nein.«
»Finden Sie das nicht merkwürdig? Ein junger Mann geht doch mal in ein Lokal oder trifft sich mit einem Mädchen. Er läuft doch nicht so in der Gegend herum.«
»Ich gehe aber gern.«
»So ohne Ziel?« — »Ja!«

»Und am elften Oktober sind Sie in der Nacht auch so herumgelaufen?«
»Ich weiß es nicht, es liegt ja fast eine Woche zurück.«
»Es ist aber wichtig, daß Sie sich erinnern. Es ist für Sie verdammt wichtig!«
»Und warum? Dann müssen Sie mir schon sagen, warum es wichtig sein soll. Ich habe keine Ahnung, worum es geht.«
»Wirklich nicht? Mir scheint, Sie können ganz schön schauspielern. Natürlich wissen Sie, worum es geht! Verkaufen Sie mich nur nicht für dumm! Aber ich kann Ihnen ja noch einmal sagen, was Sie ohnehin wissen: In der Nacht vom 11. zum 12. Oktober wurde um 0,15 Uhr das Juweliergeschäft auf der Breiten Straße ausgeräumt — von Ihnen!«
Herrgott, das ist ja Wahnsinn, was er da sagt!
»Herr Kommissar, ich weiß nicht, wovon Sie reden! Was Sie sagen, ist heller Wahnsinn.«
»Leugnen Sie nicht, Ranefeld, Sie sind sowieso überführt. Ihr Ring stammt aus einem Einbruch des Fensterschrecks — aus einem Ihrer Einbrüche. Sie haben uns lange genug an der Nase herumgeführt. Wir machen jetzt gerade eine Haussuchung in Ihrer Wohnung. Da wird sicher noch einiges ans Tageslicht kommen. Für Sie wäre es besser, Sie würden inzwischen gestehen und nicht warten, bis wir Ihnen die Beweise auf den Tisch legen. Das macht sich später bei der Verurteilung immer gut.«
Soll ich sagen, wie ich zu dem Ring kam? Dann werden sie fragen, wo er ist. Und wenn ich sage, ich habe ihn verloren, dann werden sie es mir nicht glauben.

Nein, ich darf nichts von dem Ring sagen, keinen Ton! Ich habe keinen Ring, ich hatte nie einen. Keiner weiß etwas davon. Nur Hecht hat ihn gesehen. Hecht wird sich hüten, den Mund aufzutun. Wenn ich von dem Ring rede, wird alles noch verworrener.
»Na, los, Ranefeld! Jeder macht mal Dummheiten! Geben Sie es schon zu!«

Irrsinn, Irrsinn! Meine Gedanken drehen sich wie ein Karussell. Ich muß ruhig bleiben. Nur die Ruhe bewahren!
»Herr Kommissar, wie kann ich gestehen, was ich nicht getan habe?«
»Na gut! Wie Sie wollen, Ranefeld. Sie werden noch Zeit genug haben, sich das alles zu überlegen. Vorerst bleiben Sie mal hier.«
Er drückt auf eine Schelle. Ein Uniformierter kommt herein.
»Kommen Sie mit.«
Ich will protestieren, ich will schreien: Das ist eine Schweinerei! Lassen Sie mich gehen! Aber ich kann nicht; mir sitzt ein Kloß im Hals und erstickt meine Stimme.
Was werden sie zu Hause denken und im Betrieb?
Der verfluchte Ring! Hätte ich ihn doch liegen lassen!

23 Fritz Hecht, $17^{1}/_{2}$ Jahre, Autoschlosser

18. Oktober

Sie haben einen Greifer umgelegt. Die Polypen sind wütend. Herrscht dicke Luft. Ich muß auf der Stelle treten. Sie schießen jetzt bei jeder Gelegenheit. Ich war am anderen Morgen an der Mordstelle. Da war noch ein dunkler Fleck. War wohl Blut. Mir wurde schlecht, als ich das sah. Mußte weggehen. Verdammte Sache, so einfach einen umzulegen. Da gehört schon was zu. Und der Ranefeld soll das gemacht haben...
Sie haben ihn eingelocht. Ist aber ein verdammt toller Bursche. Ist nur gut, daß ich mit ihm nicht mehr zusammengeraten bin. Der hätte mich genauso umgelegt wie den Polizisten. Wo er bloß seine Beute gelassen hat? Da muß ja ein Vermögen zusammengekommen sein! Wahrscheinlich hat er sie vergraben — in einem Keller oder im Wald.
Man müßte nur wissen, wo — und dann alles an Land ziehen.

Natürlich hat der Ranefeld den Greifer umgelegt. Es ist zwar nicht zu glauben, aber er ist ein richtiger Verbrecher, einer, der zu allem fähig ist.
Wenn er rauskommt, dann muß ich mich vor ihm in acht nehmen. Er hat natürlich eine Stinkwut auf mich. Dabei kann er froh sein, daß ich ihn nicht verpfiffen habe, wo ich doch wußte, daß er der Schaufensterschreck ist.
Wenn ich ihm sage, daß ich dichtgehalten habe, dann wird er mir vielleicht nichts tun. Mich ärgert nur, daß Lilli und ich das Fenster nicht ausräumen konnten; dann ginge das jetzt auch auf sein Konto. Aber so einfach einen umlegen, das ist doch eine Schweinerei.
Ob der wohl schlimm geblutet hat, der Polizist? Ich glaube, ich hätte ihn nicht getroffen mit meinem Revolver. Ist auch egal, sind nicht meine Sachen.
Aber was sind meine Sachen? Haut alles nicht richtig hin. Und jetzt was Neues starten, ist gefährlich. Ich hätte nie gedacht, daß so eine Planung so schwierig ist! Ein richtiges Ding zu planen, das ist eine Arbeit, das ist anstrengender als eine Woche malochen. Man muß immer denken. Man wird nie damit fertig. Und wenn man alles noch so gut überlegt hat, dann sind da immer noch Sachen, an die man nicht denkt, und schon hängt man drin...
Bei dem Schaufenster in der Breiten Straße war es doch auch so. War alles fein geplant, war alles genau überlegt, und dann ist auf einmal Polente da, und um ein Haar hätten sie uns geschnappt, und dem Ranefeld seine Sachen gingen heute auf unser Konto... Mir wird schlecht, wenn ich daran denke!
Aber ich wollte ja nicht, mein Horoskop war schlecht. Man muß auf sein Horoskop achten, das ist wichtig. Ich las mal: ›Die Sterne lügen nicht‹. Das stand in einem dicken Buch. Heute steht in meinem Horoskop: ›Fassen Sie keine überstürzten Entschlüsse. Es können sich leicht neue Mißerfolge daraus ergeben‹. Bei solch einem Horoskop werde ich mich hüten, etwas zu unternehmen. Klappt auch alles nicht richtig.

Der Revolver ist ein Mistding. Ich dachte, man könnte weiß Gott was damit machen, aber gestern, als ich ihn ein bißchen nachsehen wollte, ging auf einmal ein Schuß los. Die Kugel sauste in unseren neuen Wohnzimmerschrank und haute eine Kaffeekanne in Scherben. Ich weiß gar nicht, wie das kam. Lilli sagt, ich wär ein richtiger schlapper Heini geworden, ich wär nur zum Autoknacken zu gebrauchen und zu sonst nichts.
Diese Großschnauze! Quatscht nur dummes Zeug. Sie sagt, ich hätte Angst gehabt, damals bei der Schaufensterscheibe. Ich und Angst! Wo das Horoskop so schlecht war! Daß die Lilli so was sagt, ist eine Schweinerei, wo ich doch schon im Gefängnis und in der Zeitung war, und wo sie weiß, was ich für ein Kerl bin. Vielleicht sollte ich aber doch besser bei den Autos bleiben ... Bei Autos weiß ich genau, was zu tun ist, ich bin ja Autoschlosser. Mit Autos ist noch nichts schief gegangen. Aber bei dem ersten Versuch, etwas anderes zu machen, ging es schon daneben. Nur wird man nichts dabei. Ich will doch weiterkommen, will auch einen tollen Wagen haben wie der Lange, dieser Angeber. Aber der gibt jetzt nicht mehr an! Drei Tage später hat er sein Auto wiedergekriegt, aber wie! Ich lauerte ihm auf, als er von der Arbeit kam.
»Na, Lange, gehst ja zu Fuß! Ist der Porsche in der Werkstatt?«
Da hat er losgelegt: »So eine Sauerei!« hat er geschrien, »die Polizei steht dabei und sieht zu, wie so ein Schwein mein Auto klaut! Drei Tage haben sie gebraucht, bis sie es fanden. Und wie sieht es aus. Rot und total im Eimer. Und dafür hat man Polizei! Mensch, ich habe eine Sauwut! Den Kerl, der das gemacht hat, könnte ich kaltmachen.«
»Das ist ja nun wirklich allerhand, Lange; das tut mir aber leid, so ein schönes Auto! – Du sagst, es wär rot gewesen? Aber es war doch weiß.«
»Schwer von Verstand, Hecht, was? Den Wagen haben sie umgespritzt.«
»Ach nein, was du nicht sagst! Aber da fällt mir was ein. Der

Schaufensterschreck hat doch bei seinem letzten Ding auch einen roten Porsche gefahren, das stand in der Zeitung.«
»Quatsch! War der Schaufensterschreck nicht. Wenn ich sowas schon höre! Der Schaufensterschreck und ein roter Porsche!«
»Natürlich war er das, Lange. Es war damals, als er in der Breiten Straße das zweite Geschäft ausräumen wollte.«
»Stimmt nicht, war ein anderer! Das war der, der meinen Wagen geklaut hat. Der wollte es dem Schaufensterschreck nachmachen. Aber an den kommen solche Würstchen nicht ran. Der Fensterschreck ist aus anderem Holz geschnitzt als so kleine Autoratten.«
»Gib bloß nicht so an, Lange! Was dein Fensterschreck kann, können andere auch. Von wegen kleine Autoratte!«
Ich wurde wütend, weil er mich so beleidigte. Und er fuhr auf: »Jawohl, kleine Autoratte! Ich weiß besser Bescheid als du. Was weißt du überhaupt?«
»'ne ganze Menge mehr als du, Lange! Ich bin nicht so ein Bleistiftquäler wie du. Das mit der Autoratte, das nimmst du zurück!«
Da hat er auf einmal gelacht. »Ist schon gut«, sagte er, »ist natürlich alles Blödsinn. Wir streiten hier über den Schaufensterschreck, und dabei sitzt der Ranefeld im Kasten. Du hast mir ja damals den Tip mit dem Ring gegeben!«
»Ach nee, hast du ihn verpfiffen?«
»Ist egal. Reden wir nicht darüber. Ich bin froh, daß ich meinen Wagen wiederhabe. Die Versicherung bezahlt alles.«
Die Hester ging auf der anderen Seite vorüber. Ich sah ihr nach. »Mach nicht solche Stielaugen«, sagte Lange, »so feine Ware ist nichts für dich. Halt dich an deine Lilli, Hecht. Mit der Hester fahre ich am Samstag raus, so mit allen Schikanen. Klasse, sage ich dir! Ich muß weiter, sie wartet am Rathausplatz auf mich.«
Verdammter Heini, der Lange! Er hat gut angeben mit dem Geld von seinem Alten! An jedem Finger steckt ein Ring.
Fatzke! Hat immer das Modernste: die spitzesten Schuhe, die engsten Hosen, den schicksten Pullover; eine Lederweste ist ihm zu gewöhnlich.

»Besieh dir mal die Litfaßsäule«, sagte er noch. »fällt dir nichts auf?«
Wahrhaftig, da glotzte doch sein dämliches Gesicht von einem Plakat! ›Twens tragen Astronaulo‹, stand darauf.
»Da staunste, was? Sieh dir mal die Gelbe Illustrierte an und in der Tonhalle den Werbefilm, da siehst du überall mein Bild. Das ist was, wie?«
Ich bin hingegangen. Es stimmt. Von Tag zu Tag sieht man mehr von den Pullovern. Sind ja wirklich 'ne Wucht, die Dinger. Wenn einer damit über die Straße kommt, dann drehen sich alle um. So was kann man nicht übersehen. Farben wie ein Faustschlag! So was hat es noch nicht gegeben. Und dafür macht der Pinkel Reklame! Manche haben Glück.
Aber ich kauf mir auch so 'n Pullover.
Ob der Lange jetzt wohl berühmt ist? Ich müßte eigentlich berühmt sein, wo doch so viele mein Bild gesehen haben. Aber man merkt nichts, keiner bleibt stehen und guckt mich an. Und ein Autogramm wollte auch noch keiner. Alles Mist! Das ganze Leben!
Mit der Bande stimmt auch was nicht. Pickelgesicht spurt nicht richtig. Kommt nicht mehr regelmäßig, quatscht Blödsinn und haut immer schnell wieder ab. Läufer sagt, er mauert mit so einem Heini eine alte Garage aus.
Läufer sagt: ›Das soll ein Jugendheim werden. Der Heini macht das. Braucht Dumme für so was und hat sich Pickelgesicht an Land gezogen.‹
Pickelgesicht soll alles tun, was der Heini sagt. Die beiden sind immer zusammen. Aber damit muß Schluß sein! Ich bin der Chef. Er soll an seinen Schwur denken: Auf Verrat steht Tod! Der Heini soll bloß die Finger von ihm lassen, sonst kann er was erleben. Jugendheim bauen! Pickelgesicht hat wohl 'n Vogel! Das sind alles schlappe Kerle! Drei andere machen auch nicht mehr richtig mit, weil sie abends fernsehen müssen. Und mit so einem Haufen soll man nun was anfangen!

Aber Pickelgesicht könnten wir mal besuchen. Das ist eine Idee!
Alle, heute abend noch! Muß mir den Heini doch mal ansehen.

Ich fahre! Ich bin der Führer der Hechtbande! Zehn Mopeds
knattern hinter mir, daß die Straße dröhnt.
Die Leute drehen sich nach uns um.
Ich fahre an der Spitze. Lilli sitzt hinter mir. Tolles Weib, die
Lilli! Lilli gehört mir; wer sie anfaßt, dem breche ich die Rippen.
Jetzt drehen wir eine Runde um den Rathausplatz. Das ärgert
die Leute! Sie reißen schon die Fenster auf. Halt die Schnauze,
Oma!
Noch eine Runde.
Schreit. Sie kann nicht schlafen. Hat lange genug geschlafen.
Wenn ich nicht penne, braucht sie es auch nicht zu tun.
Ich bin Hecht, ich kann machen, was ich will!
Jetzt weiter. Heute abend, wenn sie alle im Bett liegen, drehen
wir noch ein paar Extrarunden, damit sie sich daran gewöhnen.
Jetzt zu dem Heini! Läufer weiß, wo es ist.

Wir gehen über die leere Straße ...
Wir sind ein dunkler Klumpen ...
Wir gehen wie ein Körper ...
Wir sind gefährlich ...
Wir sind unbesiegbar!
Läufer sagt: »Da vorn ist die Garage.«
Steht auf einem großen Hof. Durch die Tür fällt Licht. Man
hört Stimmen.
Wir gehen ...
Ein dunkler Klumpen ...
Wir sind wütend ...
Es ist schön, wütend zu sein und so stark, daß man seiner Wut
auch freien Lauf lassen kann. Sie wissen nicht, daß wir kommen,
noch nicht ... aber jetzt!
Ein Eimer steht vor dem Eingang. So eine Frechheit! Ein Eimer

steht da, wo ich gehe! — Rumms! Der Tritt saß! Der Eimer fliegt durch die Tür in die Bude. Das hat mir gut getan! Jetzt wissen sie Bescheid. Ich habe die Hände in den Hosentaschen. Die Rechte faßt den Revolvergriff. Alle haben die Hände in den Hosentaschen. Ich gehe durch das Türloch. Pickelgesicht läßt vor Schreck die Kelle fallen. Ein paar Schuljungens tragen Ziegelsteine. Sie sehen uns an. Nur einer arbeitet weiter. Tut, als wären wir nicht da. Mischt Mörtel. Das ist der Heini. Dieser Mistkerl tut, als ob ich Luft wäre! Aber das ist gut, das macht mir wieder eine richtige Wut! Der Eimer liegt passend. Ich werde ihn jetzt so treten, daß er ihm gegen den Bauch fliegt. So! — »Au, verdammt! Mein Hühnerauge!« — Der harte Rand knallte gegen mein Hühnerauge. Ich sehe Sterne. Verflucht und zugenäht! Ich muß auf einem Bein hüpfen, ob ich will oder nicht. Und Läufer, dieser Idiot, lacht auch noch! Das soll er büßen!
Lilli schreit: »Gib's ihm, damit ihm ein für allemal das Lachen vergeht.«
Hat schon gefunkt. Läufer macht ein Gesicht wie ein Hund, der beißen will und Angst hat. »Lilli, tritt ihn in den Hintern!«
Gut, Lilli! Die weiß immer, was zu tun ist. Sie sagt:
»Glotz nicht so dämlich, Pickelgesicht. Hast wohl keine Zeit mehr, Pickelgesicht? Hast wohl vergessen, wo du hingehörst! Denkst wohl, du kannst machen, was du willst!«
»Ja«, schreie ich, »der Heini kann selber mauern! Untersteh dich und geh nochmal hierhin! Schmeiß die Klamotten weg und komm mit!« Was sagt der Heini?
»Ach, jetzt begreife ich erst: Ihr wollt nicht helfen, ihr wollt Spaß machen! Na, denn man los!«
Er bricht mit einem Knacks den Stiel von der Schippe und grinst. »Nimm die Eisenstange«, sagt er zu Pickelgesicht. »Jetzt schön der Reihe nach. Wer will zuerst ins Krankenhaus?«
Der Heini ist ein kräftiger Bursche. Und Pickelgesicht mal erst! Bloß nicht weich werden, Hecht, bloß nicht weich werden! Ich habe ja den Revolver...

»Schmeiß die Klamotten hin und komm, Pickelgesicht!«
Er sagt nichts, sagt immer noch nichts. Endlich reißt er das Maul auf: »Ich kann jetzt nicht, Hecht, das muß hier erst fertig sein. Es ist wichtig.«
»Was sagst du? Hat dir der Heini auch schon was zu sagen?«
Dieser verdammte Kerl arbeitet wieder, tut, als ob wir nicht da wären!
Lilli schreit: »Hör auf zu arbeiten, Heini! Hörst doch, daß Hecht spricht! Sonst stecken wir dich mit der Fresse noch in den Brei!«
Lilli hat eine zu große Klappe, redet immer vor mir her. Seit der Fensterscheibengeschichte ist sie noch frecher geworden.
Pickelgesicht stützt sich auf seine Eisenstange. So ist es richtig! Jetzt machen wir Rabatz! Wir treten die Mauern ein, wir schneiden die Zementsäcke auf, wir hauen alles kurz und klein!
Moment mal, da grunzt doch einer hinter uns, grunzt wie ein Nilpferd: »Was ist denn hier los? Macht mal Platz!«
Ein Bulle. Ein Kerl wie ein Baum! Ist noch ein zweiter dahinter. Ich will was sagen, aber da schmeißt er mich in den Haufen, und der zweite lacht. So ein Hund!
»Zieh Leine!« sagt er und tritt mich in den Hintern.
Ich kann mich nicht mehr halten, ich fliege gegen Lilli. Wir fallen in den Dreck. Und Pickelgesicht lacht!
So ein Verräter! So ein ... Die andern Feiglinge sind schon raus.
»Aber bitte, meine Herrschaften«, grinst das Nilpferd, »das ist doch nicht der Platz für Liebesszenen! Und nun ab nach Mutti, aber ein bißchen dalli!«
Wir springen auf. Pickelgesicht lacht immer noch. Die Bande fährt schon ab. Hunde! Verräter! Lassen ihren Führer im Stich!
Das Nilpferd grunzt. Soll Lachen sein. Schande, elende Schande!
Auf das Moped und weg!

24 Horst Zintek, fast 15 Jahre, Barackenjunge, genannt Läufer

19. Oktober

Hecht hat mir die Schnauze poliert. So einer ist das! So was hätte ich nie von ihm gedacht. Vielleicht werfe ich mich vor einen Zug, dann hat er es! Dann sieht er, was er angerichtet hat.
Aber nein, ich springe vom Rathausturm! Wie zu Silvester die Frau...
Alle Zeitungen haben davon geschrieben. Ich springe runter, wenn die Bande unten rumfährt. Vielleicht falle ich dann vor Hechts Moped. Alle Leute werden angerannt kommen, um mich rumstehen und fragen: Warum hat er das nur getan? Keiner weiß es. Aber er weiß es!
Vielleicht falle ich ihm auch auf den Kopf, und er bricht sich das Genick. Das wäre noch besser, dann sind wir beide tot. Verdient hat er es. Warum schlägt er mich auch? Schlägt mich, weil ich gelacht habe, als er rumhüpfte und schrie.
Und die Lilli hat mich in den Hintern getreten! Kann ich dazu, daß er schrie?
Überhaupt: Ein Führer schreit nicht. Ein Führer, der gegen einen Eimer tritt und schreit, das ist kein Führer. Ein Führer muß hart sein. Ich dachte immer, er wäre hart gewesen. War ja auch immer hart gegen uns. Und jetzt das!
Ich dachte auch immer, er hätte sich nie anfassen lassen, aber der Dicke hat ihn geworfen wie ein Stück Dreck. Und der andere hat ihn in den Hintern getreten, daß er fast einen Salto machte. Das muß ein Fußballspieler gewesen sein. So einen Ball hätte kein Tormann gehalten! Aber Hecht, statt seinen Revolver zu ziehen und ihn totzuschießen, ist gerannt!
Ich habe es gesehen, weil die andern mich nicht mitgenommen haben. Sie vergaßen mich, und ich stand draußen. Er lief wie ein Hase. Und so was will Führer sein und haut mich in die Fresse!

Dabei hat er groß angegeben: Ja, wenn ich meinen Revolver nicht vergessen hätte, dann ... dann ...
So ein Lügner! Auch noch lügen! Er hatte ihn, ich weiß es genau. Und dann schlägt er mich, und die Lilli schreit: »Gib's ihm, damit ihm ein für allemal das Lachen vergeht!«
So eine Ziege! Er tut alles, was sie sagt. Die ganze Bande tut, was Lilli sagt, wenn es auch so aussieht, als ob sie täten, was Hecht sagt. Ich weiß Bescheid! Und vor so einem soll man nun Respekt haben! Vor einem, dem sein Hühnerauge weh tut, wenn es losgehen soll und der sich in den Hintern treten läßt, ohne sich zu wehren. So was will nun Führer von unserer Bande sein, und man muß ihm gehorchen!
Daß er mich geschlagen hat, wird er noch bereuen. Ausgerechnet mich! Und daß die Lilli dabei war, ist noch schlimmer. Vor ihr angeben, zeigen, was er für ein Kerl ist, das wollte er.
Dabei hätte ich alles für ihn getan. Aber jetzt tu ich nicht mehr alles! Sogar den Ring habe ich für ihn geklaut. Ist nur gut, daß er es nicht weiß. Soll ich ihm jetzt etwa auch noch den Ring geben, wo er mich geschlagen hat? Das täte ja wohl keiner. So dumm müßte man sein!
Schade, daß er nicht weiß, daß ich ihn habe! Explodieren würde er vor Wut! Von wegen Läufer schlagen! Faß dich mal an deine Nase, Hecht. Vielleicht findest du da einen Ring! Der Ring gehört jetzt mir.
Ich werde auch nicht vom Rathausturm springen. Ich habe ja den Ring. Er paßt mir gut. Ich habe ihn mit der Zange durchgekniffen und die Enden nebeneinandergeschoben. Jetzt paßt er prima. Zu Hause verwahre ich ihn in der Hosentasche, aber wenn ich allein bin, stecke ich ihn an.
Wenn Hecht wüßte, daß ich den Ring in der Tasche hatte, als er mich schlug! Schade, daß er es nicht weiß. Aber jetzt steckt er an meinem Finger, und er gehört mir. Er gehört mir ganz ehrlich. Man darf eben seine Freunde nicht wie Gauner behandeln, dann kommt so was.

Ist fein, mal allein in der Wohnung zu sein. Mutter ist ins Kaufhaus gegangen, und der Alte läßt sich den Kanal vollaufen. Wenn ich doch bloß auch so saufen könnte! Er sagt, Bier wär nichts für Männer, wär nur was für Kinder. Ein richtiger Kerl säuft Schnaps, sagt er.
Ich möchte mal wissen, wie ein richtiges Wohnzimmer in den Häusern aussieht. Da müssen sie manchmal vier und fünf Räume haben. Wir haben nur einen. Hier haben alle nur einen. Mutter sagt, das wär viel bequemer als eine große Wohnung. Wenn bloß der Fernsehapparat wieder hier wäre. Ohne Bargeld wollen sie ihn nicht rausgeben. Mutter sagt, es wär billiger, einen neuen zu kaufen. Man braucht nur ein paar Mark anzuzahlen.
Nebenan bei Stutes ist das Fernsehen zugange. Ob ich mal rübergehe? Ich weiß gar nicht, was ich machen soll. Zu Hecht gehe ich heute nicht und morgen auch nicht! Stute hat wegen guter Führung Urlaub aus dem Knast gekriegt. War ja auch nur wegen leichtem Diebstahl.
Aber wenn ich nicht mehr zur Bande gehöre, dann sagen sie wieder: ›Der aus der Baracke, der Barackenjunge!‹ Die aus den Häusern verachten uns, aber ich will nicht verachtet werden. Ich will auch zu den anderen gehören.
Ich gehe mal rüber zu Stutes.
Die Bude ist geknallt voll. Stutes sind ja allein acht Köpfe, und dann noch Nachbarn. Sie besehen sich ein spannendes Fernsehspiel, Krimi! Doll spannend.
Stute und Hertel kriegen Streit.
Stute sagt: »Der Fernseheinbrecher ist ein Anfänger. So 'n Idiot! 'ne Scheibe eindrücken und keine Handschuhe anhaben. Wo gibt es denn so was? Und überhaupt: Ich hätte das ganz anders gemacht.«
Hertel sagt: »Das stimmt nicht, das ist ein heller Junge, der macht das schon richtig, da kann man was von lernen.«
»Du vielleicht«, sagt Stute, »aber kein Fachmann.«
»Nun gib bloß nicht so an«, sagt Hertel, »wenn du so 'n Fach-

mann wärst, hätten sie dich ja nicht gekriegt beim letzten Mal.«
Die beiden haben schon eine Menge Bier getrunken.
»Das ist 'ne Beleidigung!« schreit Stute. »Du weißt genau, daß sie mich nur gekriegt haben, weil ich die Brieftasche liegen ließ und weil da mein Personalausweis drin war. Aber fachlich war alles in Ordnung.«
Da lacht Hertel, daß die Bude wackelt, und Stute will ihn in die Schnauze schlagen. Aber seine Frau will nicht. Sie sollen sich vertragen, sagt sie, sie will keinen Streit, jetzt wo er Ferien hat, sagt sie. Und die anderen schreien: »Ruhe!« und »Maul halten!« Da vertragen sie sich wieder und passen weiter auf, was noch alles passiert.
Jetzt ist das Spiel zu Ende.
Hertel knufft mich in die Rippen: »Du Schweinehund warst doch gestern auch dabei!«
»Wobei?« frage ich.
»Frag nicht so dämlich«, sagt er, »ihr wolltet doch den Erhard vertrimmen. Unser Franz hat mir das erzählt. Aber das sage ich dir: Wenn ihr den verrollt, dann gibt es Rabatz! Und wenn du mitmachst, haue ich dich blau und grün!«
»Ha«, sagen andere, »ist das wahr? Bleibt bloß von dem Erhard! Das ist mal ein feiner Mensch. Was soll werden, wenn der sich nicht mehr um unsere Kinder kümmert? Sie sind ja ganz vernarrt in ihn.«
Und einer sagt: »Unser Hans ist jetzt so schlau geworden, daß er vielleicht sogar auf die hohe Schule kommt.« Sie reden alle durcheinander. Ich höre immer nur Erhard. Das muß der Heini gewesen sein.
Alle scheinen ihn zu kennen, nur ich weiß nichts von ihm. Wenn ich nicht abhaue, hauen sie mir vielleicht noch die Jacke voll.
Das Leben ist nicht leicht. Warum wollen mich nur alle vertrimmen? Solange man schwach ist und sich nicht wehren kann, ist man verloren. Man muß stark sein! Wenn ich groß bin, sollen sie Angst vor mir haben. Dann haue ich!

Ich möchte gerne einen Freund haben, einen, der in einem Haus wohnt, einen, der mich nicht haut, einen, der auch kein Bier verträgt.
Ja, das wär schön.
Ich gehe jetzt in die Kneipe. Da sind Menschen, da bin ich nicht allein. Außerdem habe ich Durst. Vielleicht kann ich dort doch mal Apfelsaft trinken, genauso wie in der Trinkhalle. Wenn da einer wär, der Apfelsaft tränke, der könnte mein Freund werden.
Manchmal denke ich, es gehört mehr Mut dazu, Apfelsaft zu trinken, als mit der Bande so 'ne Sache zu machen, weil man beim Apfelsafttrinken nämlich allein ist, aber in der Bande ist man zu vielen.
Ich glaube, Hecht geht es auch so. Er wollte gestern Klamauk machen, weil wir zu vielen waren und er keine Angst zu haben brauchte. Aber als er den Tritt kriegte und wir raus waren, da hatte er die Hose voll. Na, ist egal!
Aber wenn da einer sitzt und Apfelsaft trinkt, dann setze ich mich dazu und spreche mit ihm. Und wenn keiner da ist, ist das auch nicht so schlimm, denn mit dem Ring kann ich sicher auch Apfelsaft trinken.
Die Pinte ist schön voll und in den Ecken ziemlich dunkel. Alle trinken Schnaps und Bier. Ob ich nicht besser wieder rausgehe? Ich kann mich doch nicht an einen Tisch setzen und Apfelsaft bestellen, wenn da schon Leute sitzen, die Bier trinken!
Ob ich mal zu einem Arzt gehe und mich untersuchen lasse? Vielleicht kann der mir Pillen geben, daß mir auch Schnaps schmeckt. Oder soll ich noch mal ein Glas Bier versuchen? Aber nein, das geht nicht! Wenn ich daran denke, daß ich das trinken muß, wird mir schon jetzt schlecht.
Da hinten in der Ecke sitzt einer allein am Tisch. Was trinkt der? Gar nichts.
Nanu? Ach, er bestellt noch!
Was sagt er? Er sagt: »Herr Ober, bitte ein Glas Apfelsaft!«

Aber das ist ja ... das ist ja ... das ist ja wunderbar! Einer trinkt Apfelsaft, einer sitzt allein am Tisch und trinkt Apfelsaft! Ich setze mich zu ihm. Er muß mein Freund werden! Ich will alles für ihn tun, wenn er mein Freund wird.
Ich sitze. Er liest und sieht mich gar nicht an.
Ich sage laut: »Herr Ober, ein Glas Apfelsaft!« damit er hört, daß ein Freund am Tisch sitzt. Aber er liest weiter, liest in einem Buch. Wahrhaftig, in einem richtigen Buch. Na, so was!
Der Apfelsaft schmeckt. Aber ein Krimi oder ein Wildwester ist das Buch nicht, ist eben ein teures, richtiges Buch. Möchte bloß mal wissen, was da drinsteht.
Jetzt legt er das Buch weg. Ich werde verrückt! Es ist der Heini, der Heini von gestern, dieser Erhard!
Ich haue ab, sonst kriege ich hier auch noch Keile! Bald habe ich aber die Schnauze voll! Weg, nichts wie weg!

25 Klaus Müller, 19 Jahre, Abiturient, Flüchtling
29. Oktober

Astronaulo über alles! Der Chef hat die leitenden Herren heute zu einer wichtigen Besprechung zusammenkommen lassen. Der einzige Verhandlungspunkt hieß Astronaulo. Katz bestimmte, daß ich mitgehen solle. Aus welchem Grunde, vermag ich nicht zu sagen. Er kann sich jetzt eine ganze Menge erlauben. So kam es, daß ich dabei war.
»Mein lieber Herr Katz«, sagte der Chef, »setzen Sie sich doch bitte neben mich.«
»Well, Boß«, antwortete Herr Katz, und der Vertriebsleiter knirschte mit den Zähnen. Es war ihm nicht zu verdenken, denn die Herren waren zur Proklamation des Katz'schen Sieges und seiner Niederlage zusammengekommen.

Der Produktionsleiter hat sich von seiner Weltuntergangsstimmung natürlich schon lange erholt. Er spaziert mit der Miene eines Siegers durch das Werk und gebärdet sich, als sei der Astronaulo das Produkt seiner wohlüberlegten, mühevollen Planung und nicht das Katastrophenergebnis eines Kunstfehlers, der ihn einige Zeit den Schlaf kostete. Er hat übrigens als erster der verantwortlichen Herren einen Astronaulo getragen. Wer weiß, daß er nur knapp mittelgroß ist und einen mächtigen Bauch besitzt, kann sich vorstellen, wie er darin aussieht. Der Astronaulo hängt ihm fast auf die Knie.

Inzwischen hat sein Beispiel Schule gemacht. Seitdem die Angestellten und Arbeiter unserer Firma durch Fernsehen und Rundfunk erfahren haben und auf der Straße sehen, daß unter ihren Händen der letzte revolutionäre Modeschrei geboren wurde, kaufen sie dieses kostbare Produkt auf Vorrat mit dem üblichen Rabatt. Zum Schluß ist auch Herr Katz das Opfer seiner Verkaufswerbung geworben. Man sieht ihn nur noch im Astronaulo, und er betrachtet ihn tatsächlich als das revolutionäre Kleidungsstück. Es scheint, als habe er völlig vergessen, auf welche Weise alles zustande gekommen ist. Er wirbt jetzt selbst mit seinem Bild unter der Zusammenstellung Astronaulo und Düsenflugzeug und als allerneuestes: Astronaulo und Rakete. Nun ist er ja auch tatsächlich der geistige Vater dieses Monstrums, insofern ist sogar seine so heftig ausgebrochene Vaterliebe zu verstehen, und ich muß zugeben, daß er der einzige Träger unseres Pullovers ist, zu dem er wirklich paßt.

Wenn Herr Katz die Füße auf den Schreibtisch legt und mit vielen Wells, Okays und Kaugummis Probleme der Werbung durchdenkt, dann kann ich mir gar nicht mehr vorstellen, daß er noch etwas anderes tragen könnte, oder jemals etwas anderes getragen habe als eben diesen Astronaulo. Nicht Lange, er ist der geborene Repräsentant dieser allerneuesten Moderichtung.

Herr Jung, der Chef, rief also die Herren zur Erörterung eines ungemein wichtigen Problems zusammen, das als zwangsläufige

Folge der großen Verkaufsschlacht auftreten mußte. Es handelt sich ganz einfach um die weitere Produktion von Astronaulos und besonders von Astronaulis, denn der Damenartikel ist bereits ausverkauft.

Der Chef hielt zuerst eine schwungvolle Rede auf den großen Verkaufserfolg und wies darauf hin, daß es seit je die sorgsam gehütete Tradition der Firma sei, neue und revolutionäre Dinge zu gestalten. Er sprach von Pioniergeist und unternehmerischem Mut.

Der Produktionschef strahlte wie ein Feldherr. Aber das verging ihm schon bald. Herr Jung hatte nämlich schon vor einigen Tagen von ihm gefordert, das Produkt eines Unglücks in der gleichen Form und Farbe nunmehr planmäßig herzustellen. Und eben das scheint trotz aller Anstrengungen nicht möglich zu sein. Sie experimentieren zwar eifrig daran herum, doch sie bringen es nicht zuwege. So konnte es also nicht ausbleiben, daß diese feierliche Sitzung mit drohenden Gewittertönen endete.

Nun heißt die Losung: Wie kriegen wir neue Astronaulos? Der Produktionschef sah aus, als sei er mehrfach gestäupt worden. Nur Herr Katz ist von allem unberührt. Er hat mir verkündet, daß er in Urlaub fahren will und mir den vertraulichen Tip gegeben, mich mit Astronaulos einzudecken, weil es bald keine mehr gebe.

Dann hat er dem Chef geraten, den Preis um fünfzehn Mark heraufzusetzen und ihm ein zusätzliches Urlaubsgeld von tausend Mark zu geben.

Beide Vorschläge wurden angenommen. Ich muß sagen, es wird langweilig werden, wenn Herr Katz fort ist.

Ich mag ihn. Er ist mir so fremd, daß ich ihn gern haben kann, ein Mensch ohne Bruch und Riß, ein Mensch, dessen Wesen sich schließt wie ein Ring.

Das Wort Ring erinnert mich an ein Erlebnis, das ich vorgestern in der italienischen Eisdiele am Markt hatte. Ich gehe manchmal dorthin, weniger um Eis zu essen, als meine Altersgenossen zu

beobachten, die dort verkehren. Insgeheim habe ich auch immer gehofft, unter ihnen einen Freund zu finden.
Ich saß also dort und blätterte in einer Illustrierten. Die Musikbox schmetterte einen Schlager nach dem anderen. Das Lokal war recht gut besetzt. Zwei junge Burschen, die sich an einen freien Nachbartisch setzten, interessierten mich. Dem jüngeren hing das Haar über den schwarzen Jackenkragen, und der ältere hatte ein ungewöhnlich stark mit Pickeln übersätes Gesicht. Der jüngere trug einen ziemlich protzigen Ring an der linken Hand, und um diesen Ring drehte sich hauptsächlich das Gespräch.
Der mit den Pickeln sagte: »Wenn Hecht weiß, daß du den Ring hast, bist du ihn los. Aber vorher kriegst du noch mal 'ne Wucht.«
»Hecht kann mich mal, verstehste? Denkst du, ich habe Angst vor Hecht? Ich gehe überhaupt nicht mehr hin, ich mache gar nicht mehr mit.«
»Hast aber bis zum Überfall noch ganz schön mitgemacht. Du bist doch der Angeber gewesen, du hast sie doch zu uns gebracht.«
»Hecht hat mich gezwungen! Mir blieb ja gar nichts anderes übrig. Außerdem kannte ich den Erhard nicht. Ich wußte doch nicht, was ihr da macht. Du hättest ja deine Schnauze aufmachen können, Pickelgesicht! Ich wollte ja nur, daß du wieder mitmachst!«
»Wenn es Rabatz gegeben hätte, dann hätte ich ein paar von euch mit der Eisenstange totgeschlagen. Von Erhard und unserer Arbeit müßt ihr eure dreckigen Finger lassen.«
»Du redest immer von ›ihr‹. Tust so, als ob du nicht zu uns gehörtest!«
»Einen Dreck tue ich! Ich gehöre nicht zu euch. Du hast doch vorhin gesagt, daß du auch nicht mehr mitmachst.«
»Tue ich auch nicht, Pickelgesicht!«
»Na also, was willst du denn? Der Hecht bringt uns doch alle ins Gefängnis. Und was ist das schon, was wir da machen! Seitdem ich Erhard kenne, denke ich anders.
Aber hör mal: Verkauf mir den Ring, Läufer! Du bist noch viel

zu jung, um so was zu haben. Sie werden dir auf die Finger sehen.«
»Wer soll mir auf die Finger sehen?«
»Na, die Polizei! Der Ring ist doch von Ranefeld, und das ist doch der... du weißt ja! Und da suchen sie jetzt nach der Beute. Die Polizei hat jetzt so 'ne Razzia gemacht, da mußten alle die Hände vorzeigen und die Taschen umdrehen, und wer keine Rechnung für seinen Ring vorweisen konnte, der war dran, den haben sie gleich eingelocht. Sie haben 'ne Menge mitgenommen.«
»Ist das wahr, Pickelgesicht?«
»Bestimmt, Läufer! Werde dich doch nicht belügen. Ich habe gehört, sie wollen jetzt jeden Tag so 'ne Razzia machen. Ich mache dir 'n Angebot: kriegst zehn Mark bar in die Hand, dann kriege ich den Ring.«
»Und was willst du damit?«
»Ich will ihn verschenken, Läufer. Jemand will ihn gerne haben.«
»Zehn Mark sind zuwenig, viel zuwenig, Pickelgesicht. Dafür gebe ich ihn nicht her.«
»So, und wenn ich Hecht sage, daß du ihn hast, was ist dann? Er schlägt dich gleich tot. Aber mich schlägt er nicht tot, ich mache ihn zu Hackfleisch.«

So redeten sie hin und her. Pickelgesicht legte schließlich fünf Mark zu und bekam den Ring, der aussah, als sei er echt.
Das Gespräch kam dann wieder auf diesen Erhard.
»Was hat der denn nun für eine Bande?« fragte Läufer.
»Gar keine, der ist allein; der macht das so, um zu helfen, den Kindern in den Baracken zu helfen.«
»Für gar nichts? Sei mal ehrlich, da ist doch 'n Haken bei. Wieviel verdient er daran? Vielleicht wird er Direktor oder kriegt 'n Auto.«
»Ist nicht, ist gar nicht! Das Geld, das er mit seiner Arbeit verdient, steckt er noch rein, damit die Barackenkinder einen Platz zum Spielen kriegen. Du bist doch auch aus den Baracken. Ich habe das ja auch nicht geglaubt, ist aber so! Du könntest auch

gut helfen. Gibt viel Arbeit, und du lungerst doch nur herum.«
»Ich und helfen? Will er das denn?«
»Na, Mensch, wir sind froh über jeden, der kommt!«
»Helfen — hm. Kann ich denn später auch hingehen, wenn es fertig ist?«
»Na klar!«
»Was wird das denn nun richtig, Pickelgesicht?«
»Na, ich sagte es doch schon: so 'ne Art Heim, mit Büchern und Spielen und vielleicht Kakao. Weiß ich selbst nicht genau.«
»So, auch mit richtigen Büchern?«
»Sicher.«
»Und Schnaps trinken, muß man das auch? Trinkt ihr auch Schnaps bei der Arbeit?«
»Ach wo, höchstens mal 'ne Flasche Bier. Aber der Erhard trinkt am liebsten Apfelsaft.«
»Ja, ja, das stimmt, das habe ich gesehen; der trinkt tatsächlich Apfelsaft. Könnte ja vielleicht doch mal helfen. Aber was wird mit der Bande, mit der Blutsbrüderschaft und so? Auf Verrat steht Tod ... Du weißt doch!«
»Ach, das ist doch alles kalter Kaffee, das ist Theater, ist nur für Hecht! Ich weiß es jetzt: Er hat das alles für sich und Lilli gemacht. Er hat doch bloß 'ne große Schnauze, wenn zwanzig Mann um ihn sind. Wenn er allein ist, macht er die Hosen voll.«
»Aber er hat Wut auf euch. Vielleicht kommt er noch mal mit der Bande.«
»Da ist was dran, Läufer, damit rechne ich auch. Er muß sich wieder in Respekt setzen. Aber daß er dich als den Jüngsten geschlagen hat, war 'ne Schweinerei, das darfst du ihm nicht vergessen. Du mußt dich rächen, Läufer! Ich weiß auch, wie du dich rächen kannst.« — «Wie denn? Erzähl mal!«
»Einfache Sache! Du läßt dir nichts anmerken und horchst rum. Wenn sie wieder was vorhaben, sagst du Bescheid.«
»Kann ich machen. Ja, das mache ich. Arbeitet ihr morgen auch?«
»Ja, wir arbeiten auch sonntags.«

»Na, da komme ich mal rum. Ich meine, es ist nicht bestimmt, aber ich kann ja mal rumkommen... Oder darf ich nicht, weil der Erhard wütend ist?«
»Ach wo! Das hab' ich dir doch schon gesagt! Er ist nicht wütend, er freut sich, wenn du hilfst.«
Das war das Gespräch der beiden. Mich hat das alles maßlos interessiert, besonders die Geschichte mit dem Jugendheim. Sie paßte gar nicht zu den Typen der beiden Burschen. Ich bin da auf etwas ganz Neues gestoßen. Ein Mensch tut hier etwas ohne Geld. Wahrscheinlich ist dieser Erhard ein älterer Mann mit einigem Vermögen. Aber dieses Pickelgesicht gehört auch dazu... Dem würde ich einen solchen Einsatz zu allerletzt zugetraut haben. Alles in allem eine ziemlich abenteuerliche Geschichte. Und dann dieser Handel mit dem Ring.
Ich verstehe zwar nicht viel davon, aber er schien weit mehr wert zu sein als fünfzehn Mark. Doch das sind wirklich meine Sorgen nicht. Es war eine kleine Feierabendunterhaltung, nicht mehr.
Mir scheint, ein Freund ist hier schwerlich zu finden. An eine Freundin wäre schon leichter zu kommen. Viele der Gäste stellen einen bestimmten Typ dar. Sie machen ein bißchen in Weltschmerz, ein bißchen auf abgegriffene oder mondän verquälte Eleganz, ein bißchen auf müde Welterfahrung. Diese Zutaten ergeben immer den gleichen Typ. Sie sind so stolz auf ihren Individualismus und bemühen sich doch sehr erfolgreich, ihn völlig auszulöschen. Die Mädchen benutzen alle einen fleischfarbenen Lippenstift, der die Konturen des Mundes auslöscht und die Gesichter zu einer flachen Maske macht, besonders wenn sie dazu fleischfarbenen Puder auflegen. Vor allem verstehen sie, auf unnachahmlich großartige Weise zu rauchen.
Die Zigarette befriedigt nicht nur ein Bedürfnis, sie ist anscheinend auch eine Art Kultgegenstand. Der Musikautomat liefert die passende Geräuschkulisse, und unsere Astronaulos hängen wie die Machwerke der Gegenstandslosen im Raum.

Katz würde sie sicherlich alle zu einer Runde Eis einladen. Es müßte interessant sein, jetzt mit ihnen über Freiheit zu sprechen, vor allem mit denen, die unseren Astronaulo tragen.
Merkwürdig, ich rede und denke von ihnen und gehöre meinem Alter nach doch zu ihnen! Aber ich komme mir weit älter vor und fühle mich innerlich von ihnen getrennt, wie ich hier vom ganzen Leben getrennt bin, das außer dem Ich keinen Wert kennt oder anerkennt. Ist das wirklich mein Flüchtlingskomplex?

Ich hörte, Ranefeld sei verhaftet. Das enttäuscht mich. Ihn hätte ich nicht für einen Verbrecher gehalten.
Aber sprachen die beiden Lederjacken nicht auch von Ranefeld, der Ring sei von ihm? Oder habe ich mich verhört? War es ein anderer? Aber nein, sie sagten ›Ranefeld‹.
Zum Teufel, was sind das für verrückte Gedanken!
Ich habe mit meiner eigenen Not genug zu tun; was kümmern mich ihre Ringe und Händel!
Das Leben hier übt in seiner Fremdheit doch eine große Faszination aus. Es schillert wie unsere Astronaulos. Der Besitzer jenes Lokals ist wirklich ein Italiener.
Bei uns im Betrieb arbeiten auch eine ganze Reihe. Außerdem haben wir noch Griechen, Spanier und sogar einige Türken da. Es ist imponierend zu sehen, wie selbstverständlich und ohne Kontrollen man sie hier leben läßt. Das zeugt zweifellos von einer großen Sicherheit der Gastgeber.
Die Polizei kümmert sich hier überhaupt wenig um den einzelnen Bürger. Er verrichtet seine Arbeit. Danach nehmen sich die Verkaufsmächte seiner an. Aber wie hält das alles zusammen? Man erkennt keinen gemeinsamen verbindenden Gedanken. Soweit ich das erkennen kann, interessiert sich kaum jemand für die Fragen des Gemeinwohls.
Blöde Gedanken! Und immer diese Grübeleien ... Bleiben oder gehen, die Frage ist noch nicht entschieden.

26 Peter Ranefeld, 18 Jahre, Schweißer
10. November

Gut und böse! Ich weiß es jetzt! Man muß sich entscheiden. Man kann die beiden Gewichte nicht in der Schwebe halten; man muß die eigene Entscheidung hinzulegen, zu Gut und nicht zu Böse. Es gibt keine Entschuldigung, denn man weiß, was gut und böse ist.
Weiß man es wirklich? Ja, ich weiß es, und ich wußte es! Mir ist, als hätte ich geschlafen und sei wachgeworden. Aber wissen es alle? Manchmal denke ich, es ist wie bei der Suche nach einem verlorengegangenen Gegenstand: Manch einer sucht und sucht und findet ihn nicht. Er käme schneller zum Ziel, hätte er jemanden, der ihn führen könnte. —
Unsere Freiheit ist ein jämmerliches Alleinsein ohne Hilfe.
Ich habe keine Zeit zu überlegen. Quälende Gedanken hüpfen in meinem Schädel umher wie spielende Mäuse.
Gefängnis!
Wie oft habe ich an das Wort gedacht, so als ob es sich nicht unterschiede von anderen Worten!
Und was war mir die Freiheit?
Zuweilen könnte ich wahnsinnig werden.
Meine Mutter hat mich besucht, mein Vater. Ich konnte nur sagen: Ich bin unschuldig! Die Worte blieben mir im Halse stecken, sie wollten nicht hinaus.
Ich hatte nichts als diese Worte. Tränen... Sie sagten: »Wir wissen, daß du unschuldig bist, wir glauben dir.« Sie waren die ersten und sind die einzigen, die das sagten. Dieses ›wir glauben dir‹ waren die schönsten Worte in vielen Jahren. Wir glauben dir! Ich habe bisher wenig auf die Meinung meiner Eltern gegeben, aber jetzt war mir, als hinge Leben und Sterben davon ab. Nichts war mir so wichtig wie ihre Meinung und die des ganz Alten. Nein, das werde ich nie mehr sagen! Großvater werde ich sagen

und denken – und Vater. Die Meinung des Großvaters also war mir auf einmal ebenfalls so ungeheuer wichtig. Und er ließ mir bestellen: Kopf hoch, alles wird sich klären! Ich weiß: So was tut ein Ranefeld nicht!
Ein Ranefeld!
Ich verstehe jetzt, daß ich ein Ranefeld bin, daß ich nicht der Ranefeld bin, wie ich bisher glaubte, daß ich nur ein Glied bin und daß die Last aller an mir hängt, die waren und sind, und daß ich ihnen allen verpflichtet bin.
Ein Ranefeld...
Das Leben verändert sich aus der Sicht des Gefängnisinsassen in erschreckender Weise.
Sollte Großvater mehr wissen, als ich glaubte? Ich sah nur einen Ranefeld, denn unter mir war keiner mehr. Er aber sah sie alle, denn er hatte auch den Friedhof gekannt, auf dem sie begraben sind.
Tanzende, hüpfende Gedanken...
Wir glauben dir... Mich liebt nur, wer jetzt an mich glaubt. Aber wie wenig Liebe habe ich ihnen geschenkt und wie wenig Verständnis!
Wir glauben dir! Hier glaubt mir niemand, der Kommissar nicht, die Wärter nicht und meine Mitgefangenen nicht.
Wir sind zu vieren in einer Zelle. Das Untersuchungsgefängnis ist überbelegt. Einer kam gestern. Er hat geweint, bis er keine Träne mehr hatte.
Jetzt sitzt er wie ein sterbender Vogel auf seinem Schemel. Die zwei anderen, Pit und Schorsch, sind das genaue Gegenteil. Sie rühmen sich ihrer Taten. Sie geben sich Tips, planen gemeinsame Sachen, wenn sie rauskommen. Daß sie verurteilt werden – Schorsch nicht zum erstenmal –, ist ihnen klar. Schorsch versteht es, sich durch Klopfzeichen mit anderen Zelleninsassen zu unterhalten. Und als Allerneuestes haben sie auf Anweisung eines alten Zuchthäuslers noch einen gutfunktionierenden Sprechverkehr eingeführt. Schorsch mußte das Wasser aus dem Abflußrohr

des Klosettbeckens entfernen und dann hineinsprechen. Die Verbindung klappt einwandfrei. Sie unterhalten sich jetzt durch alle Stockwerke.
Alte Ganoven führen das große Wort. Sie geben Ratschläge, wie man sich vor Gericht verhalten muß, und vor allem fachliche Tips. Dazwischen erzählen sie schreckliche Schweinereien. Der Mittäter von Schorsch sitzt in einem anderen Flügel. Sie haben schon Verbindung miteinander und genau abgesprochen, was sie vor Gericht sagen wollen. Ich hätte das nie für möglich gehalten. Wer hier rauskommt, ist entweder geheilt oder ganz verloren. Man muß nur hören, was Pit und Schorsch für Pläne wälzen. Dabei ist Pit noch ein Anfänger. Er hat die ersten Automatendiebstähle verübt, während Schorsch schon zwei Jugendstrafen weg hat.
Mich behandeln sie mit großer Hochachtung, weil sie glauben, ich sei der Schaufensterschreck, und das sture Leugnen sei meine besondere Masche. Alte Ganoven wollen ein Ding mit mir drehen. Sie verlangen Tips und Ratschläge. Das ganze Gefängnis glaubt felsenfest, ich sei der gesuchte Verbrecher. Und einige schreiben mir sogar den Mord an dem Polizisten zu, aber nicht mit Entsetzen, sondern mit großem Respekt. Es ist schauerlich! Die Zeit steht still. Mir ist, als sei ich schon Jahre hier, und mir scheint, als sollte ich nie mehr hier rauskommen.
Ich bin so gerne gegangen. Hier kann ich nicht gehen; die Zelle ist fünf Schritt lang und vier Schritt breit, das Fenster vergittert. Man sieht nur ein Stück Himmel, sonst nichts. Mir war der Himmel immer gleichgültig, aber jetzt kann ich mich nicht sattsehen an diesem Stück, über das vereinzelte Wolken segeln. Sonst sieht man nichts, keinen Baum, kein Haus, keine Menschen.
Hier begreife ich, warum in den Zoos manche Tiere immer am Gitter auf und ab gehen. Ich könnte auch so hin und her rennen, angefüllt mit wahnsinniger Sehnsucht nach der Welt vor den Gittern. Alle meine Ahnen gingen ihr Leben lang über weite Äcker, und ihr Enkel sitzt in einer Zelle!

Alles hat mit dem Ring begonnen. Ich wußte, daß es nicht recht war, ihn zu nehmen. Trotzdem nahm ich ihn. Ich will nie wieder etwas nehmen, was ich nicht ehrlich erworben habe!
Wie bin ich überhaupt durch das Leben gegangen? Gut und böse war nie die Frage; spannend oder langweilig hieß es. Ich hätte sicher bei Hecht mitgemacht, würden mich Autos interessiert haben. Ehrlicherweise muß ich das eingestehen.
Ich sah den Fensterschreck und fand alles ungeheuer interessant. Ich hatte ihn gesehen, sonst niemand. Gut und böse störte mich nicht.
Wenn ich zurücksehe, erkenne ich, auf welch schmalem Grat ich gegangen bin und wie leicht ich hätte stürzen können, und daß ich im Grunde nicht besser bin als mancher andere, der den richtigen Weg verlor.
Ich muß hier raus, ich darf nicht mehr lange hierbleiben; die Luft erstickt mich! Die Gespräche machen mich verrückt. Wenn ich rauskomme, beginnt ein neues Leben, ich schwöre es! Alles, was war, muß begraben werden. Ich will lernen, ich will etwas leisten. Ich will Achtung gewinnen und nicht Schrecken verbreiten.
Der Neue heult wieder. Pit schreit einen dreckigen Witz ins Klo. Ob Karin Hester weiß, daß ich verhaftet wurde? Ob sie auch denkt, ich sei ein Verbrecher? Ich habe in diesen Tagen so viel an sie gedacht. Ich mußte an etwas Reines denken in diesem Dreck. O Gott, wie sie hier von den Frauen sprechen! Schweine, verfluchte Schweine!
Ich muß mich zusammennehmen, ich darf nicht durchdrehen! Vorgestern haben sie einen rausgebracht. Er brüllte die ganze Nacht. Und links sitzt einer, der hat geheult, daß man es vier Zellen weit hören konnte. Schrecklich!
›Mutter‹, hat er geschrien, ›o Mutti!‹
Nur nicht durchdrehen! Nerven behalten! Zähne zusammenbeißen!
Schorsch glotzt mich an. Er weiß nicht, ob er frech werden soll,

weil ich ihn vorhin angeschrien habe. Er soll bloß still sein, sonst gibt es was!
Nein, ich muß mich zusammennehmen!
Wer hat mich bloß hier reingebracht? Wie kommen sie auf mich? Ich könnte heulen!
Es ist gut, daß Karin Hester mich nicht sieht. Aber ich will alles gutmachen, wenn ich rauskomme. Ich werde mir selber beweisen, daß ich mehr kann, als nachts durch die Straßen zu streunen!
Die Ungewißheit ist fürchterlich.
Da kommt der Wärter.
Der Schlüssel dreht sich.
Er wird sagen: Was ist denn hier für ein Krach? Da will wohl jemand ein Einzelzimmer?
Die Tür geht auf.
»Ranefeld!«
»Hier!«
»Pack deine Sachen, du wirst entlassen.«

27 Fritz Hecht, 17½ Jahre, Autoschlosser
11. November

Ranefeld ist raus, getürmt oder entlassen. Ich habe ihn gesehen. Er ging ganz ungezwungen über die Breite Straße. Also doch wohl entlassen. Sie haben ihm nichts beweisen können. Er ist schlau, ein ganz geriebener Hund! Das kommt, weil er alles allein macht. Ist niemand da, der ihn verraten kann. Aber wenn man zu vielen ist, dann wird immer einer weich.

Aber allein sein, ist auch nichts; mit niemand reden können, ist schlecht. Zu vielen ist man stark, aber allein muß man Angst haben. Der Ranefeld hat keine Angst. Ihm glückt alles, und mir geht alles schief. Nicht mal den Ring habe ich von ihm gekriegt.

Den Porsche kriege ich nicht. Pickelgesicht macht nicht mehr mit. Lilli wird immer frecher. Sie stellt sich an die Straßen und fährt per Anhalter in der Gegend rum mit Schlafkabine und Hotel und allem, was dazu gehört. Ich weiß Bescheid! Und manchmal kommt sie sogar mit einer neuen Kluft zurück.
Sie sagt: »Wenn du nicht bald was Ordentliches unternimmst, dann mache ich nicht mehr mit. Gibt Kerle genug, die auf mich warten.«

Gestern haben wir nochmal drei Autos geknackt, schnelle Wagen. Aber sie sagte nur: »Das Rumfahren in der Nacht macht mir keinen Spaß mehr. Solche Wagen kann ich auch am Tage haben, ohne Angst vor der Polizei und mit Fahrern, die soo 'ne Brieftasche haben!«
Was sollte ich darauf sagen? Sie hat recht. Bei dem Autoknacken kommt nichts rum; es macht nur Spaß. Aber ich will mehr.
Wenn ich nicht bald was unternehme, hauen alle ab. Ich fühle es. Nur was? Mit Autos kann ich alles machen, aber eine andere Sache zu organisieren, ist viel schwieriger. Und wenn sie einen kriegen, ist man dran. Geld! Das ist die Sache.
Am einfachsten wär, wenn alle Lotto spielten und wir den Hauptgewinn teilten. Oder wenn wir in so einer Spielbank spielten. Dazu muß man einen Frack haben. Jetzt gewann da einer hunderttausend Mark.
Ranefeld hätte mitmachen müssen, dann wären wir jetzt fein raus!
In der Zeitung stand, daß sie eine Bande eingelocht haben, die nur aus Oberschülern bestand. Die räumten Geschäfte aus. Hundertneununddreißigmal ging es gut, aber als sie weiterwollten und eine Sparkasse ausnahmen, da ging es schief, und jetzt sitzen sie alle. Es ist immer gefährlich, was anderes zu machen als das, was man kann.

Mit Pickelgesicht und dem Heini muß ich noch abrechnen. Was

letztens schiefging, muß nachgeholt werden. Wir hauen dann den ganzen Laden zusammen und gerben beiden das Fell.
Tod dem Verräter!
Ich wette, wenn ich rumfragen würde, keiner hätte Mumm genug, ihn umzulegen. Sind alles Feiglinge. Aber das bringt die Bande wieder zusammen. Windelweich werden wir den Lumpen hauen und alles demolieren. Kein Stein darf stehenbleiben!
Heute machen wir das. Aber vorher sehen wir uns den Film ›Mord um Mitternacht‹ an.

Ein toller Film!
Burschen mit Nerven.
Sie verzogen keinen Muskel, wenn sie einen umlegten. Na, verdammt schade, daß die Polypen sie schnappten! Aber jetzt sind wir dran!
»Alle Mann zum Ausgang!«
Aus dem Weg, wenn Hecht kommt!
»Schmeißt den Süßen doch gegen die Wand, was steht er da rum! Tritt deinen Vordermann in den Hintern, wenn er nicht schneller gehen kann!«
Hier kommt Hecht mit seiner Bande!
Wir sind genau solche Kerle wie die auf der Leinwand!
Setz deine Hühneraugen nicht unter meine Füße, Tante, dann brauchst du auch nicht zu schreien!
Wer meckert da?
»Zieh Leine, sonst sieht deine Mutti ihren Kleinen nicht wieder!«
Tolle Burschen, meine Bande!
Lilli sieht prima aus: ganz enge Hose, ganz enger Pulli. Figur: so!
Das Volk meutert. Macht Spaß, wie die meutern!
»Auf die Mopeds!«
Gas! Blaue Rauchwolken, Gestank, Krach. Ab zur Abrechnung mit Pickelgesicht und seinem Heini!
Alle sind da: zwölf Mann, auch Läufer. Die Keile hat ihm gutgetan. So junge Burschen muß man hart anfassen.

Ich könnte stundenlang so durch die Straßen fahren. Die Leute glotzen dumm wie Kälber.
Ja, Pickelgesicht, auf Verrat steht Tod! Es ist nicht gut, Hecht zu verraten.
Hoffentlich sind die beiden noch in ihrem Stall. Wenn nur das Nilpferd nicht da ist!
Was ist schon, wenn er da ist? Nichts ist! Den drehen wir dann mit durch. Es war aber sicher nur Zufall, daß er dazu kam. Besser ist natürlich, er ist nicht da. Wir müssen schon in der Marxstraße halten, damit sie uns nicht hören.

Leise!
Jeder hat doch was bei sich? Totschläger, Schlagringe, Messer? Na, denn mal ran! Nur leise.
Die Straßen sind leer. Aber die sind hier immer leer. Keine besondere Gegend.
»Der Heini«, sagt Lilli, »gehört mir. Ich will ihn selbst in die Fresse hauen!«
Ich sehe es erst jetzt: Sie hat einen Ring. Von welchem Kerl mag sie den haben? Das Aas belügt mich. Später!
Was ich für eine Wut habe! Ich hatte schon Angst, ich hätte keine richtige Wut, aber jetzt habe ich einen Rochus, daß ich glatt einen umlegen könnte!
Lilli, dieses Luder!
Läufer soll bloß nicht wieder lachen! Ich darf aber auch nicht gegen feste Sachen treten. Das Hühnerauge kommt durch die spitzen Schuhe.
»Na, los, ranbleiben! Moment mal, kommt mal alle rum! Also, wir schleichen uns leise ran, und dann auf sie! Wir hauen alles kaputt, was da ist. Und über den Zement schütten wir Wasser. Kapiert? Gut! Wo ist Läufer? Läufer, komm her! Wie, ist nicht da? War aber da...«
»Quatsch nicht so viel, Hecht, laß das Karnickel laufen! Los, weiter, Leute!«

So ein... so ein Biest! Verdammtes Weibsstück! Wer hat hier zu bestimmen, sie oder ich?
Später! – Leise... leise...
Zweihundert Meter vor uns sieht man die Garage. Es brennt noch Licht. In die Lampe schmeiße ich zum Schluß einen Ziegelstein.
Sie haben eine neue Tür eingesetzt. Mist! Die Tür ist bestimmt zu.
»Was sollen wir machen, wenn die Tür abgeschlossen ist, Lilli?«
»Kaputthauen, du Kamel!«
»Natürlich, was denn sonst! Meinst du, ich hätte was anderes gewollt?«
»Dann red' nicht so lange, Hecht!«
Wer bestimmt nun, sie oder ich? Sie sagt: »Los, haut die Tür ein! Zeigt, daß ihr Kerle seid!«
Alle rennen, ich auch. Wir treten gegen die Tür... o verdammt, mein Hühnerauge!
Sie geht nicht auf. Das verdammte Hühnerauge!
Die Tür ist fest. Pickelgesicht ist drin. Er schreit: »Wer reinkommt, kriegt einen Hackenstiel auf den Dassel!«
»Los!« schreit Lilli. »Drückt sie ein, aber schnell! Werft euch dagegen! Alle! – Noch mal... und noch mal!«
Für mich ist kein Platz mehr da. Ich kann gar nichts machen. Mein Hühnerauge tut aber auch ganz schön weh.
Die Tür kracht, sie gibt nach...
»Noch mal!« schreit Lilli. »Gleich sind wir drin!«
Ist ganz gut, daß ich am Ende bin. Wer den Hackenstiel über den Dassel kriegt, ist hin.
Die Tür springt auf.
»Au, mein Kopf!«
»Hilfe!«
Jemand schlägt mich tot...
Was ist bloß?...
Wir kriegen Keile... Au... Hilfe!

Alle rennen. Ich kann nicht rennen ... Ich liege auf der Erde ...
ich kann nur noch kriechen ... sie schlagen mich ... sie treten
mich ... Bitte, hört auf ... hört bloß auf!
Ich will es ja gar nicht wieder tun!
Ich will bloß leben ...
Ich will ja nie wieder so was machen!
Hört auf! — Bitte, laßt mich leben!
Ich möchte ja so gerne leben!
Ich habe ja gar nichts gemacht, ich war ja gar nicht dabei!
Die andern haben die Tür kaputt gemacht!
Jemand sagt: »Laßt ihn, sonst ist er hin.«
Ja, laßt mich ... bitte ... laßt mich ...
Angst ... furchtbare Angst ...
Ich will nie mehr ein Auto knacken, wenn ich nur am Leben
bleibe!
Kriechen ... kriechen ...
Ich will gut sein, immer gut sein ...
nur leben bleiben ... kriechen ... an der Wand hoch ...
Blut, ich schmecke Blut!
Mutter, hilf mir, Mutter!
Weiter ... an der Wand entlang ... weiter ... hier ist es dunkel ...
sie schlagen mich nicht mehr ... weiter zu den Mopeds.
Nach Hause ...
Ich will nie wieder so was machen ... nur leben ... weiter ...
weiter ...
Die Mopeds ... wo sind die Mopeds?
Meine Beine sind wie Blei ... wie Blei ... nur leben ... o Mut-
ter ... nur leben!
Die Mopeds ... da sind die Mopeds! Wenn ich auf meiner Ma-
schine sitze, bin ich gerettet.
Warum sind die Mopeds noch da? Warum sind sie nicht weg?
Oh, sie sind ... kaputt ... kaputt gehauen!
Ich muß sterben ...
So jung, und schon sterben ...

28 Erhard Vollrath, 20 Jahre, Dekorateur
14. November

Die Hechtbande muß furchtbare Keile bekommen haben. Ich war leider nicht dabei, als die Schlacht geschlagen wurde.
Läufer ist der Retter gewesen. Er hat die Barackenbewohner alarmiert, und dann ist es losgegangen. Unsere Verbündeten haben ihnen sogar die Mopeds demoliert. Sie sind gelaufen wie die Hasen. Jetzt werden wir Ruhe haben. Sie stoßen ja immer nur an weichen Stellen nach, und hier fanden sie Granit, schon zum zweiten Mal. Der Garagenbesitzer meint, ich solle sie anzeigen, aber das ist wohl nicht richtig. Erstens haben sie durch die Prügel und ihre zertepperten Mopeds einen weit wirkungsvolleren Denkzettel erhalten, als ihn ein Gericht verhängen könnte; zum zweiten würden die Groschenblätter einen solchen Prozeß nur groß ausschlachten und sie zu Helden machen, wodurch bei anderen Banden ähnliche Unternehmungen zustande kämen. Aber der wichtigste Grund für mich, es nicht zu tun, ist, daß Otto und Läufer ja auch dazu gehört haben. Es sind bestimmt noch andere ähnliche Dinge passiert. Sie würden durch eine Anzeige nur in die Grube zurückgestoßen, aus der sie sich so mühsam befreiten.
Vielleicht fällt die Hechtbande nach dieser Abfuhr auch so auseinander. Es scheinen sich einige Bindungen zu lockern, wie ich von Läufer hörte.
Darüber, daß Läufer zu mir gekommen ist, bin ich glücklich. Ich habe so sehr darüber nachgegrübelt, wo ich den Jungen schon mal gesehen habe. Inzwischen weiß ich es. Es ist der betrunkene Bursche aus der Eckkneipe. Als wir am Sonntagnachmittag vor vierzehn Tagen mit der Arbeit begannen, strich er um die Garage herum. Otto bemerkte ihn nicht. Das ging eine ganze Weile so. Er hatte die Hände tief in die Taschen versenkt, den Kragen seiner Lederjacke hochgeschlagen und warf schnelle, scheue

Blicke durch die offene Tür, vor der er immer wieder auftauchte. Schließlich sagte ich zu Otto: »Draußen will jemand etwas von dir.«

Er guckte verdutzt, nahm dann einen Hackenstiel und wollte nachsehen. Als er Läufer erkannte, rief er erleichtert: »Mensch, nun komm mal endlich rein! Laß den Eimer voll Wasser laufen und bring ihn her!«

»Ausgezeichnet«, sagte ich, »Hilfe können wir immer brauchen.« Dann haben wir weitergearbeitet, ohne uns weiter um ihn zu kümmern. Otto hat angeordnet, was gemacht werden muß. Er kann das tadellos. Und Läufer hat geschuftet, daß es eine Freude war. Um sechzehn Uhr mußte er Kuchen und Milch holen. Man kann beides hier in einem kleinen Café auch am Sonntag haben.

Inzwischen verlor er auch seine fluchtbereite, tierhafte Scheu. Zwar betrachtete er mich immer etwas mißtrauisch, doch stellte er eine Reihe ganz vernünftiger Fragen an Otto.

Ich nahm ihn als gleichberechtigt und erzählte so nebenher, wie ich mir die Arbeit im Frühling und im Sommer vorstelle.

»Wenn wir hier fertig sind, dann haben wir einen Mittelpunkt, um den sich ein ganz bestimmter Kreis sammelt. Mit dem machen wir in den großen Ferien eine Fahrt aufs Land.«

Läufer spitzte die Ohren. »So für einen ganzen Tag?« fragte er.

»Nicht für einen Tag, für vierzehn oder zwanzig Tage, eine richtige Reise.«

»So, eine richtige Reise«, wiederholte er, und nach einer Weile: »Kostet die auch Geld?«

»Nein, ich hoffe, die kostet nichts. Ich fahre nämlich in jedem Jahr in ein Weserdorf und habe dort viele Freunde. Wir werden ein Strohlager in der Schule einrichten. Mit dem Lehrer habe ich schon darüber gesprochen. Und die Bauern bitte ich, so reihum jeden Tag ein paar Kinder gratis zu verpflegen. Das machen die bestimmt. Wir werden ihnen natürlich auch etwas bei der Arbeit helfen. Das macht Spaß. Dann werden wir baden, wandern, singen.

In den Wäldern gibt es Rehe und Hirsche. Ich kenne einen jungen Förster. Wenn ich ihn bitte, wird er uns durch sein Revier führen. Er kann spannend erzählen. Ich wette, alle werden begeistert sein!«
»Ist nur für Kinder«, sagte Otto.
»Nicht nur, du und einige andere müssen als Aufsicht mit. Da darf ja nichts passieren. Wer mit Kindern reist, trägt eine schwere Verantwortung. Aber schön ist es, wenn sich alle freuen und wenn man draußen sein kann zwischen Kühen und Pferden, zwischen Wäldern, Feldern und Wasser.«
Läufer hatte das Kinn in die Hände gestützt und starrte auf seine Schuhspitzen. Schließlich fragte er, ohne den Kopf zu heben: »Können nur Schulkinder mit, wie?«
Es war halb Frage und halb Feststellung. Ich entgegnete: »So genau hält das nicht. Wenn ein anständiger Kerl da ist, auf den man sich verlassen kann, der anpackt und hilft, dann darf der auch mit. Eins ist natürlich klar: Trinken und Rumzigeunern gibt es nicht! Alle müssen pünktlich sein und sich unterordnen. Jeder muß sich tadellos aufführen.«
Er hob den Kopf: »Keiner darf Bier und Schnaps trinken?«
»Natürlich nicht! Was du nur denkst!«
Und wieder nach einer Weile: »Darf ich ... ich möchte auch gern mit. War noch nie auf einem Dorf.«
»Mensch, du darfst nur mit, wenn du hilfst, daß der Laden hier fertig wird!« sagte Otto und stand auf. »Los, wir müssen was tun!«

Jetzt hat er schon drei Abende eifrig geholfen. Vorgestern sagte ich: »Wie wär es, wenn du mal zu einem Friseur gingest und dir das Haar anständig schneiden ließest?«
Gestern kam er tadellos frisiert an. Er hat völlig demoralisierte Eltern. Ich habe mich erkundigt. Und er besitzt keinerlei Vorstellungen von Gut und Böse. Aber ich glaube, daß er gut ist in seinem Kern. Er sucht Wärme, Halt, Lehrer.

Darum ging er zu Hecht. Ich hoffe, daß ich stärker bin als Hecht. Unser Bau ist nun bald fertig. Ottos Chef ist ein prächtiger Kerl. Er hat die ganze Ausmauerung ausführen lassen. Das ging blitzschnell. Den Ausputz müssen wir selbst machen, aber das Material stellt er.
Gestern kamen sogar Schreiner und haben die Maße für die Türen und Fenster genommen. Frau Berg, der ich die Blumen schenkte, will in der Textilfirma Jung, wo sie arbeitet, sammeln, damit wir Bücher und Spielsachen kaufen können.
Die Malerarbeiten führen wir natürlich selbst aus. Die Farben hat mein Chef gestiftet. Es kommt wie von selbst eines zum andern.
Am eifrigsten sind die Kinder dabei. Sie zimmern Blumenkästen, basteln und machen eine Menge Dinge für die Wände. Kurzum, das Jugendheim wächst zur Freude aller, die daran helfen. So von Grund auf etwas neu zu schaffen, das ist wunderbar! Zur eigenen Freude und zum Wohle anderer planend zu gestalten, ist doch das Schönste, was ein Mensch vermag. Am meisten aber freue ich mich über Otto und Läufer. Daß sie helfen, zeigt, daß das Gute immer noch Macht und Anziehungskraft besitzt, mag es auch oft anders scheinen.
Das Gute zu wollen, es zu stärken, es einfach zu tun, darauf kommt es an; nicht darüber zu reden, sondern es tun.
Es gibt zwischen Otto, Läufer und mir noch eine Sache, die nicht klar ist. Ich meine den Ring. Jetzt, wo ich Läufer besser kenne, kommt es mir ganz unwahrscheinlich vor, daß er den Ring auf ehrliche Weise erhalten hat. Das Interessante aber ist, er besitzt ihn gar nicht mehr!
Ich traf Otto auf dem Heimweg von der Arbeit, da sah ich den Ring an seiner Hand! Es kann kein Zweifel sein, es muß sich um denselben handeln, den Läufer trug! Er ist unverkennbar durch den auffallenden Stein. Otto nahm ihn — wie er glaubte, unbeobachtet — vom Finger und ließ ihn in der Tasche verschwinden. Ich habe den Ring seitdem nicht mehr bei ihm gesehen. Warum

zeigt er ihn nicht? Warum spricht er nicht davon? Es ist bestimmt ein teures Stück. Irgend etwas stimmt da nicht...
Ich habe den Eindruck, daß der Ring die beiden an ihre Vergangenheit bindet, daß an ihm etwas Drohendes, Dunkles haftet. Sind das nun Hirngespinste?
Nein, ich muß mich um den Ring kümmern.

29 Fritz Hecht, 17½ Jahre, Autoschlosser
20. November

Angst...
Ich habe zum erstenmal krank im Bett gelegen. Nicht krank, viel schlimmer: halbtot geschlagen.
Angst...
Ich habe immer noch Angst.
Meine Mutter sagte: »Was liegst du auch immer auf der Straße! Bist nie zu Hause! Draußen macht ihr bloß Dummheiten.«
Die hat gut reden! Dummheiten! Sind es Dummheiten, die wir machen? Das hat mir nie einer gesagt, sie auch nicht. Mir hat überhaupt nie einer etwas gesagt. Jetzt sagt sie auf einmal, ich wär ein Strolch. Warum hat sie mir das nicht früher gesagt?
Angst... diese Angst!
Sie hätten mich totgeschlagen, wenn da nicht einer gesagt hätte: »Hört auf!«
Ich habe den Revolver verloren; ich habe alles verloren. Die Bande ist nicht mehr. Alle Mopeds sind im Eimer. Und eine Bande ohne Mopeds ist keine Bande, wenigstens nicht für mich. Bill ist auch zu dem Heini gegangen. Alle verraten mich.
Aber warum gehen sie ausgerechnet zu dem? Was macht der denn schon! Vielleicht kann er nicht mal ein Auto fahren. Ich hörte, wie einer sagte, der Heini wär ein anständiger Kerl.

Anständig... So ein Wort.
Gehen sie darum zu ihm?
Bin ich nicht anständig?
Was hat er bloß an sich?
Ich habe gerufen: ›Ich will gut sein!‹
Schande! So was habe ich gesagt. Aber ich konnte nichts dafür.
Wer weiß schon, was einer sagt, wenn er fast tot ist!

Lilli traf ich vorhin auf der Straße. Ich feiere ja immer noch krank.
»Na, Hechtchen«, höhnte sie, »großes Maul und kleine Zähne! Ein Kerl, der sich so fertigmachen läßt, ist kein Kerl. Ihr seid alle Kindsköpfe. Ich hab's begriffen: Laufen könnt ihr gut. Revolver in der Tasche und sich so verdreschen lassen, das sind die Richtigen! Aus dir wird nie was. Ich kenne andere Kerle.«
In dem Augenblick hielt ein Lastzug. Der Fahrer schrie: »He, Süße, wie geht's dir? Haben uns lange nicht mehr gesehen. Fahr mit nach Hamburg!«
War ein Kerl wie ein Bulle. Sah mich gar nicht an. Blockierte die Straße in ihrer ganzen Breite.
»Gute Idee, Hänschen«, sagte Lilli, »ich fahr mit!« Sie lief über die Fahrbahn und stieg ein. Sie tat, als wär ich gar nicht mehr da. Dann fuhren sie weg. Sie hat sich nicht einmal umgesehen.
Ich stand allein.
Hat sich überhaupt keiner nach mir umgesehen.
Angst...
Die meisten mußten zum Doktor. Einer hat von seinem Alten Keile gekriegt. Haben alle Bammel vor der Polizei. Die ist aber nicht gekommen. Kommt aber vielleicht doch noch.
Angst...
Wenn man allein ist, hat man Angst.
Meinen Chef haben sie gestern auch eingelocht. Ist mit seinen geklauten Autos aufgeflogen. Sollen zehn Mann geholt haben. Mein Kollege Dieter sagt, wir würden möglicherweise auch ein-

gelocht, weil wir geholfen haben. Aber wir wußten ja nichts. Ich bin ganz unschuldig, ehrlich unschuldig!
Ist aber auch eine Schweinerei, Autos zu stehlen und zu verkaufen. So was hätte ich nie gemacht.
Sie sollen mich bloß nicht einstecken, ich bin unschuldig! Was habe ich denn gemacht, daß sie alle hinter mir her sind? Was habe ich gemacht? Bin nur mal ein bißchen mit Autos gefahren. Ist das vielleicht ein Verbrechen? Macht doch heute jeder. Das machen sogar welche, die selbst ein Auto haben. Ist doch nur Sport.
In der Zeitung stand mal, das läge an der Langeweile, die die Jugend hätte. Man sollte dafür sorgen, daß sie keine Langeweile mehr hätte.
Bitte! — Und mit der Schaufensterscheibe, das war ja auch nur Spaß. Ich wollte gar nicht, Lilli wollte! Da haben wir ja auch nichts gekriegt, war nur ein Loch drin. Und den Schaden bezahlt die Versicherung. Also bitte! War gar nicht schlimm.
Und mit Lange seinem Auto, war das etwa schlimm? Ist es schlimm, wenn einer, der alles hat, mal drei Tage etwas nicht hat, und wenn es nachher die Versicherung wieder in Ordnung bringt? Natürlich nicht!
Und das andere? Mal auf einem Moped fahren, das an der Ecke steht, mal um den Rathausplatz fahren, mal vor'm Kino ein bißchen Spektakel machen — ist das was?
Ist alles nichts! So was macht jeder, wegen so was sperrt man keinen ein! Mein Chef ist ein Verbrecher, aber dafür kann ich ja nicht!
Angst...
Sie sollen mich bloß nicht einsperren, wo sie mich so zugerichtet haben.
Der Briefträger kommt. Wie, er will zu mir? Nanu, zu mir?
»Ein Einschreiben für dich. Unterschreib mal.«
»Ein Einschreiben... Was für ein Einschreiben?«
»Vom Gericht.«
Angst...

Meine Hand zittert. Ich kann kaum schreiben. Ich bin unschuldig! Lilli sollten sie einsperren! Aber das schwöre ich: Wenn sie mich holen, müssen sie alle holen! Ich sorge dafür, daß dann alle drankommen.
Warum gerade ich? Die andern sind auch im Auto gefahren. Ich habe immer bloß getan, was Lilli wollte. Jawohl, was Lilli wollte!
Aufmachen... ich muß den Brief aufmachen. Was steht da? Staatsanwaltschaft... Anklage... Hausfriedensbruch... Auflehnung gegen die Staatsgewalt... Spielhalle... Warum Spielhalle? Das ist doch erledigt, dafür haben sie mich doch schon eingesperrt! Und außerdem waren da doch noch ein paar Hundert. Warum nehmen sie gerade mich?
Ich bin allein...
Lilli ist abgehauen... alle sind weg. Alle lassen mich im Stich. Aber ich reiße sie alle mit rein, die Feiglinge, alle!
Ich muß ins Bett. Ich bin ja noch krank. Mein Kopf springt gleich auseinander. Alles tut mir weh. So können sie mich nicht holen. Einen Kranken dürfen sie nicht ins Gefängnis schleppen!
Ich muß sofort ins Bett.
Ich lege mich ins Bett.

30 Erhard Vollrath, 20 Jahre, Dekorateur

24. November

Mir geht der Ring an Ottos Hand nicht aus dem Kopf. Er beunruhigt mich. Ich habe das Gefühl von etwas Unsauberem, und ich will endgültig Klarheit schaffen. Manchmal denke ich, er könnte mit dem Schaufensterschreck zusammenhängen, aber das ist zu unwahrscheinlich. Doch einerlei, ich will es wissen!
Otto arbeitet mit mir im Raum, ich werde ihn fragen.

»Sag mal, Otto, du hattest doch mal einen Ring. Ich interessiere mich für so was. Zeig ihn mir doch mal!«
Otto schrickt etwas zusammen und stottert: »Natürlich ... ich wollte ihn ja ... ich habe es nur vergessen. Aber du sollst ihn ja haben. Du kannst ihn jetzt sofort haben.«
Seltsame Antwort! Er greift in die Hosentasche und holt den Ring heraus.
»Ist der Ring von Läufer. Ich habe ihn für fünfzehn Mark gekauft, weil du ihn ja gerne haben wolltest. Es machte mir nur Spaß, ihn ein paar Tage selbst zu tragen.«
Aber ich wollte ihn doch gar nicht. Otto hat mein Interesse falsch verstanden. Da ist er nun. Auf einem breiten Goldreif ist eine Platte mit hochgezogenem Rand befestigt, auf dem ein ovaler Brillant ruht. Der Reifen ist auf barbarische Weise mit einer Zange durchschnitten.
Fünfzehn Mark hat Otto dafür gegeben; er ist bestimmt viel mehr wert. Ich möchte sagen: man spürt es an seinem Gewicht. Es ist ein besonderer Ring. Was soll ich mit ihm tun?
Als nächstes muß ich seinen Wert ermitteln, aber wo? In ein Juweliergeschäft kann ich nicht gehen, da würde man bei dem Zustand des Ringes wahrscheinlich mißtrauisch werden und die Polizei informieren. Und die Polizei muß vorerst aus dem Spiel bleiben.
Ach, ich hab's! Im Kaufhaus, in der Uhren- und Goldwarenabteilung, kenne ich Herrn Schulz sehr gut. Herr Schulz ist Fachmann, an den wende ich mich!
Meine Vermutung hat sich bestätigt. Herr Schulz war ganz begeistert von dem Stück. Er schätzt den Wert auf wenigstens fünftausend Mark. Ich muß jetzt sorgfältig überlegen, was zu tun ist. Am einfachsten wäre es, zur Polizei zu gehen. Aber nein, vorerst nicht! Otto und Läufer dürfen mit der Polizei in diesem Zusammenhang nichts zu tun haben.
Ich will versuchen, die Spur des Ringes rückwärts zu verfolgen. Läufer muß mir sagen, wie er an den Ring gekommen ist.

Ich habe Läufer unter dem Vorwand einer Besorgung in meine Wohnung gebeten. Wir sprechen über allerlei.
Ich schenke ihm Apfelsaft ein, den trinkt er gern; ich weiß es. Wie unabsichtlich streife ich den Ring über den Finger und sage leichthin: »Ach, du kennst ihn ja, ich habe ihn von Otto gekriegt.«
Er stutzt einen Moment und erklärt dann: »Ja, er wollte ihn gern haben.«
»Er ist ganz hübsch«, sage ich. »So einen würde ich gern noch mal als Geschenk für einen Bekannten haben. Wo hast du ihn eigentlich her?«
Läufer wird ganz steif. »Ich ... ich weiß es nicht mehr. Jemand gab ... ich fand ihn, weißt du?«
Es stimmt nicht, was er sagt! Der gelöste Ausdruck ist aus seinen Augen verschwunden. Er liegt auf der Lauer und fürchtet den Ansprung einer unbekannten Gefahr. Ich muß ihn anders anpacken.
»Hör mich gut an, Läufer!« sage ich. »Ich muß unbedingt wissen, woher du den Ring hast. Es ist sicher wichtig für mich und auch für dich und möglicherweise für mehrere andere. Du kannst ganz offen zu mir sein; ich verrate nichts und werde dir immer beistehen, aber ich muß es wissen! Mir ist es egal, wie du ihn gekriegt hast. Sag mir nur, von wem er ist.«
Läufer starrt vor sich auf die Tischplatte. In seinem Gesicht zuckt es, aber er schweigt. Ich muß ein schwereres Geschütz auffahren. »Sieh mal, der Ring ist geraubt worden. Ich will ganz ehrlich zu dir sein. Er stammt aus einem Kapitalverbrechen. Die Polizei sucht ihn. Wenn du nicht sagst, von wem er ist, dann holen sie dich, und du kannst im Sommer nicht mit auf das Dorf fahren. Und willst du wegen eines so dummen Dinges darauf verzichten? Aber wenn du es mir sagst, kann ich dir helfen.«
Er sieht mich ganz erschrocken an. Die Ferienfahrt ist für ihn alles. Er überlegt nur einen Augenblick, dann sagt er: »Ich habe ihn von Ranefeld.«
Gott sei Dank! Ich bin erleichtert. Ich fürchtete schon, er habe

ihn selbst gestohlen. Aber da Läufer ihn für fünfzehn Mark verkaufte, muß er ihn selbst von diesem Ranefeld umsonst bekommen haben. Und somit kann auch Ranefeld nichts von seinem Wert wissen. Ich will zu ihm gehen und mich erkundigen.
Pickelgesicht wußte seine Adresse. »Vielleicht ist er noch im Gefängnis!« sagte er. »Sei vorsichtig, er ist ein gefährlicher Hund! Viele denken, er sei der Schaufensterschreck.«
Das wäre natürlich eine verblüffend einfache Erklärung für die Herkunft des Ringes. Einen Augenblick war ich fast so weit, einfach zur Polizei zu gehen, aber dann dachte ich: Ranefeld ist achtzehn Jahre alt. Wer weiß, ob er nicht in ähnlicher Weise wie Otto und Läufer mit dem Schicksal des Ringes verknüpft ist. Ich will ihn selber sprechen und dann entscheiden.

Jetzt stehe ich vor der Wohnungstür und drücke die Klingel.
Schritte... die Tür öffnet sich. Eine kräftige Frau sieht mich mit verschlossenem Gesicht an.
»Sie sind sicher Frau Ranefeld. Ich möchte gern Ihren Sohn sprechen.«
Noch ein prüfender Blick, dann sagt sie: »Kommen Sie rein.«
Sie geht schweigend vor mir her zum Wohnzimmer, das sehr einfach eingerichtet ist. Dort sitzt ein junger, hochgewachsener Mann hinter dem Tisch und liest in einem Buch. »Besuch für dich«, sagt seine Mutter und läßt uns allein. Er sieht mich mit eigenartig hellen, grauen Augen prüfend an und erhebt sich.
»Worum geht es?« fragt er und schiebt das Buch zur Seite.
»Darf ich mich setzen?«
»Natürlich, setz dich. Setzen Sie sich.«
»Ich schlage vor, wir bleiben beim Du.«
Er nickt. In seinen Augen ist etwas Gespanntes. Ich möchte eine Verbindung zu dem Ring schaffen, aber mir fällt nichts ein. Doch schließlich, nach einigen belanglosen Worten kommt mir der rettende Gedanke. Ich erzähle von dem Kinderheim und berichte beiläufig auch von Pickelgesicht und Läufer. Die Geschichte fes-

selt ihn. Ich erzähle ihm eingehend von der Abfuhr der Hechtbande und schiebe unter dem Tisch verstohlen den Ring über meinen Finger.
»Prima! Die haben es verdient«, sagt er, »das ist mal eine Sache!«
»Aber was ich wollte«, fahre ich fort, »ich hörte, du bist Schweißer. Wir haben da so ein paar Sachen zu schweißen. Es darf aber nichts kosten. Da dachte ich, du könntest das vielleicht machen.«
Er sagt sofort: »Natürlich mache ich das.«
Ich habe die Hand auf den Tisch gelegt; der Ring ist nicht zu übersehen. Er stutzt einen Augenblick und sagt dann: »Mit den Kindern, das ist eine Sache! Wirklich, das imponiert mir!«
Zwischendurch sieht er wieder nach dem Ring. Schließlich sagt er: »Du hast da einen tadellosen Ring. Ich hatte auch mal so einen.«
Hurra! Er fängt von selbst davon an; besser konnte es gar nicht gehen!
»Ach ja, der Ring!« sage ich gleichmütig. »Eigentlich bin ich erst durch ihn zu dir gekommen. Ich habe ihn neulich von Pickelgesicht gekauft. Der hat ihn von Läufer bekommen. Läufer hat ihn ja von dir, wie er mir sagte.«
Seine Augen werden unruhig. Er sieht mich erstaunt an. »Wie, ist das meiner, ist das der, den ich mal hatte?«
»Natürlich, das ist er.«
»Darf ich mal...«
Er nimmt meine Hand und betrachtet ihn genau: »Ja, das ist er. Aber ich habe ihn doch verloren! Läufer gehört wohl auch zu Hecht? Ich kenne ihn gar nicht. In oder vor der Eckkneipe Anfang Wahnstraße ist er mir weggekommen.«
»Ach so! Woher weiß Läufer denn bloß, daß er dir gehörte?«
Ranefeld lacht plötzlich laut auf: »O«, sagt er, »das ist ein Witz, das ist ein ganz verdammter Witz! Es ist ein Unglücksring. Mich hat er ins Gefängnis gebracht. Und am besten ist, du wirfst ihn zum Fenster hinaus! Weißt du, warum ich so lache? Dein Läufer hat ihn genauso gekriegt, wie ich ihn gekriegt habe! Er muß gesehen haben, wie ich ihn verlor und steckte ihn ein. Und vor-

her sah ich, daß Lange ihn verlor; da steckte ich ihn ein. Und jetzt ist er wieder hier! Die Polizei hat hundertmal danach gefragt. Sie glaubten nämlich, ich sei der Schaufensterschreck. Aber ich hatte ihn ja gar nicht mehr. Ich habe immer gesagt: Ich habe keinen Ring... ich habe keinen Ring. Aber jetzt ist er wieder hier. Nimm ihn bloß mit! Ich will nichts mehr mit ihm zu tun haben!«

Er sagt ganz bestimmt die Wahrheit. Er ist niemals ein Verbrecher. Ich mag ihn. Und er sagte den Namen von dem, dem der Ring vorher gehörte... Die Geschichte nimmt abenteuerliche Züge an!

»Es ist wirklich eine merkwürdige Sache!« sage ich. »Natürlich können wir den Ring nicht behalten; er gehört weder mir, noch dir, sondern dem, der ihn vorher verloren hat. Wie heißt er noch?« — »Lange!«

»Ich schlage vor, wir gehen hin und geben ihm sein Eigentum zurück.«

Er schweigt. Es fällt ihm schwer, ja zu sagen. Aber jetzt gibt er sich einen Ruck:

»Gut, das machen wir. Ich muß wiedergutmachen, was ich damals verschuldete. Der Ring gehört mir nicht, du hast recht. Zwar habe ich ganz schön dafür gebüßt, aber jetzt ist er wieder da, und ich muß meine Schuldigkeit tun. Es mag sogar gut sein, daß ich so Gelegenheit habe, wirklich gutzumachen. Ich bin dafür, daß wir sofort zu Lange gehen.«

Lange wohnt nicht sehr weit von Ranefeld entfernt in einem neuen klotzigen Mietshaus, das seinem Vater gehört. Er muß reich sein, wie Ranefeld sagt. Dann ist es natürlich möglich, daß der Sohn einen so teuren Ring besitzt. Er muß sein Eigentum wiederhaben. Ranefeld will ihm den Ring selbst geben. Ich soll nur als Zeuge dabei sein und erklären, warum er durchschnitten wurde. Während wir an der Tür auf den vielen Namensschildern noch nach ›Lange‹ suchen, fährt ein Wagen vor. Ich beachte ihn weiter nicht. Ein junger Mann kommt auf den Eingang zu.

Ranefeld sagt: »Guten Tag, Lange. Können wir dich mal sprechen?«
Das ist er also: ein junger Mann in unserem Alter, der aussieht, als sei er gerade aus einem Schaufenster gestiegen. Er hat mehrere Ringe an den Fingern. Die Sache klärt sich zweifellos zum Guten.
Aber dieser Lange gefällt mir nicht. Er hat kalte Augen. Sein Gesicht ist eine Maske. Unser Besuch behagt ihm nicht.
»Worum geht es? Ich habe wenig Zeit.« Er sagt es peinlich hochmütig.
»Du hast doch vor der Berufsschule mal einen Ring verloren – damals bei der Balgerei. Hier ist er!«
Ranefeld hält ihm den Ring hin. Lange hebt den Kopf. Er grinst. Ein widerlicher Bursche! Mir ist, als sei er erleichtert. Er nimmt ihn und steckt ihn achtlos in die Tasche.
»Ich wußte immer, daß du ihn geklaut hast«, sagt er dabei. »Man kann doch sehen, was so ein paar Tage im Kittchen zuwege bringen.«
Er schließt die Tür auf und verschwindet. Ranefeld schaut böse gegen die zuschlagende Tür, dann atmet er einmal tief und sagt: »Erledigt. Wir können gehen.«
Ich habe ein unangenehmes Gefühl. »Ein widerlicher Patron, dieser Lange«, sage ich.
»So«, entgegnet Ranefeld, »gefällt er dir auch nicht?«

31 *Klaus Müller, 21 Jahre, Abiturient, Flüchtling*
29. November

Mitunter führen viele Wege zu einem Punkt. Das Gespräch der beiden Lederjacken vor einigen Wochen im italienischen Eissalon kam mir auf seltsame Weise wieder zum Bewußtsein, als Frau Berg hier im Betrieb während der Mittagspause eine private Sammlung veranstaltete. Das war vor einigen Tagen.
Ich bin solchen Aktionen gegenüber immer sehr mißtrauisch und war fest entschlossen, nichts zu geben. Es gab noch mehrere Angestellte, die den gleichen Standpunkt vertraten, und Frau Berg mußte ihre Sammlung eingehend begründen. Sie tat das mit einer Begeisterung, die ich ihr nie zugetraut hätte.
Ich hörte nur halb zu und wurde erst aufmerksam, als die Worte ›Erhard Vollrath‹ und ›Kinderheim‹ fielen.
Daß so verschiedenartige Menschen sich für diesen Erhard Vollrath einsetzten, machte mich doppelt neugierig. Frau Berg ist das, was man landläufig eine feine Frau nennt: klug, tüchtig und sehr mütterlich. Sie muß wohl Kriegerwitwe sein und hat einen Sohn, der studiert.
Zum Schluß haben sie alle etwas gegeben, ich auch.
Ich habe Frau Berg dann gebeten, sie möchte mich doch mit Erhard Vollrath bekannt machen. Sie war gern dazu bereit, und wir sind am Abend gemeinsam zu ihm gegangen. Ich war sehr neugierig. Als ich ihn dann sah, war ich sehr verblüfft und auch enttäuscht, im angenehmen Sinne.
Ich stand vor einem Altersgenossen, der dabei war, eine Wand zu tünchen. Erst später erkannte ich in zwei weiteren Helfern die beiden Lederjacken aus dem Eissalon. Was mir an ihm sofort imponierte, ist seine innere Sicherheit. Er ist einfach souverän, trotz seiner Jugend. Mir scheint, er kennt keinen Zweifel. Seine große Herzlichkeit nimmt ein; sie ist nicht gewollt, sondern ganz natürlich. Dabei ist er keineswegs der Typ des Musterschülers,

von dem man unablässig erhabene Weisheiten erwartet. Er paßt bestimmt gut in eine übermütige Gesellschaft, und rein äußerlich ist er von sehr kräftiger Statur, mit einem wuchtigen, bedeutenden Kopf. Er ist endlich mal ein Mensch, der als Maß dienen kann.

Wenn ich an meine eigene Unrast und Zweifel denke, dann beneide ich ihn rückhaltlos. Er fragte mich, ob ich etwas helfen möchte. Ich war natürlich bereit, und auch Frau Berg wünschte sich nützlich zu machen. So ergab es sich dann, daß ich Pickelgesichts Handlanger wurde. Sehr redselig war mein Arbeitskollege am Anfang nicht, aber später taute er auf und erzählte begeistert von dem Haus und den Sommerreiseplänen.

Am späten Abend, als die jüngeren Helfer schon nach Hause gegangen waren, saß ich noch mit Vollrath zusammen, und wir haben über alles mögliche geredet. Er ist zweifellos ein gläubiger Mensch, aber er liebt kein großes Pathos.

»Man muß etwas tun!« sagt er. »Die Menschen finden immer ihre Befriedigung in der Tat. Die gute Tat belohnt sich selbst. Reden wir nicht über Christentum, tun wir es!«

Ich wollte das Gespräch an jenem Abend nicht mehr darauf bringen, obwohl es mich drängte, ihn zu fragen, was er unter Freiheit verstünde. Seine Antwort schien mir wichtig für meine weiteren Entschlüsse. Bleiben oder Gehen — die Frage war immer noch nicht entschieden.

Ich habe Erhard dann jeden Abend geholfen. Das hat mir einen ungeheuren Auftrieb gegeben, und gestern abend sprachen wir über Freiheit. Ich fragte:

»Was ist für dich Freiheit, was verstehst du darunter?« Es war kurz nach Mitternacht; wir waren allein in dem zukünftigen Gemeinschaftsraum. Er saß oben auf der Treppenleiter und stützte das Kinn in die rechte Hand. Das ist für ihn eine typische Haltung. Er schwieg nachdenklich und meinte dann, zögernd die Worte setzend: »Mir scheint, sie meinen alle etwas Verkehrtes. Die Freiheit, von der sie ohne Unterlaß reden und schreiben, ist gar nicht die grundlegende Freiheit. Es ist die Freiheit der Politiker und Publizisten und einiger anderer Gruppen, die sich immer an der der Nachbargruppen reibt. Aber unabhängig von ihren Freiheiten gibt es eine andere, die für alle Gültigkeit haben sollte oder haben würde, fände man für sie einen Werbefachmann wie euren Herrn Katz. Ich meine die innere Freiheit, frei zu werden von den Zeitsüchten, sich loszulösen von dem, was die Verkaufsdiktatoren vorschreiben, sich frei zu machen von den jeweiligen Tagesurteilen. Ich meine die Freiheit, sich bei der Lebensgestaltung nach Herz und Verstand, nach seinem Gewissen und nicht nach Trieben und Komplexen entscheiden zu können. Erst wer in diesem Sinne unabhängig ist, vermag die anderen, die zur zweiten Ordnung gehörenden Freiheiten, richtig zu verwalten und wahrzunehmen.

Ich kann mir nur schwer vorstellen, wie ein von seiner Leidenschaft abhängiger Raucher, Trinker oder Rauschgiftsüchtiger jemals die äußeren Freiheiten so nützen kann, wie er es müßte, sollten sie zum Segen für alle gereichen.

Ich glaube weiter, daß der innerlich freie Mensch, der Mensch also, der als Herr über sich selbst gebietet und so in einem Raum unantastbarer Freiheit lebt, überall einen Lebensraum findet, in dem er als Mensch leben und wachsen kann. Es erscheint mir undenkbar, daß die Käufer eurer Astronaulos jemals Verwalter der Freiheit sein könnten, so wie wir sie allgemein verstehen; sie werden immer nur ihre Opfer sein. Aber es ist niemand da, der diese innere Freiheit lehrt, denn sie ist lehrbar! Die Verwalter der Gruppeninteressen fürchten sie wie die Pest, denn ihre Freiheit lebt von der inneren Unfreiheit des einzelnen. Wer innerlich unabhängig ist, entzieht sich ihrem Zugriff; darum werden sie alles tun, was eine entsprechende Entwicklung verhindert.«

»Also bleibt nur die Resignation«, sagte ich.

»Nein«, setzte Erhard dagegen, »es bleibt die Möglichkeit, sich zu dieser Freiheit zu erziehen – ich meine für dich, für mich, für Ranefeld und viele andere.«

»Und was ist mit Läufer, Otto und Hecht?«
»Sie sind die Opfer, weil sie erzogen und geformt werden müssen und weil sie nie Lehrer hatten, die Freiheit zu lehren imstande waren.«
Mir war nach diesem Gespräch, als flammte in einem dunklen Raum plötzlich ein Lichtstrahl auf, der das Verborgene sichtbar machte.
Ich wußte auf einmal, worauf es ankommt; Weg und Ziel wurden deutlich. Bleiben oder Gehen ist entschieden: Ich werde bleiben, da ich einmal hier bin und weil ich jetzt weiß, was die wahre Freiheit ist. Als nächstes werde ich mein Abitur nachmachen.

In unserer Firma herrscht Weltuntergangsstimmung. Der Kampf um die Wiedergeburt unseres Astronaulo tritt in sein dramatisches Stadium. Einer Konkurrenzfirma ist es gelungen, ihn naturgetreu zu kopieren, aber unsere Leute bringen es nicht zuwege. Sie mögen tun, was sie wollen, es wird immer ein normaler Pullover daraus. Kein Wunder, daß alle leitenden Herren ein Gesicht machen, als litten sie unter starken Zahnschmerzen. Nur Herr Katz nicht! Er strahlt vor Energie.
Karin Hester hat auch gekündigt. Sie geht nach München. Für mich wird sie immer der Inbegriff der Frau bleiben. Ich sprach einmal mit Erhard über Frauen. Er sagte: »Ich denke an sie, aber ich spreche nicht über sie. Ich liebe ein Mädchen, aber sie weiß es nicht. Wenn das hier fertig ist, werde ich es ihr sagen.«

Gestern abend traf ich Ranefeld, er half uns und schweißte ein Rohr zusammen. Er ist völlig verändert, gereifter. Ich beneide ihn. Er hat wirklich eine freie Entscheidung für Gut, nicht für Böse getroffen!
Wie wenige können das sagen! Jetzt besucht er einen Vorbereitungslehrgang für die Aufnahme zur Ingenieurschule.

32 Erhard Vollrath, 20 Jahre, Dekorateur
29. November

Ranefeld ist in Ordnung. Er ist auf eine ganz dumme Weise ins Gefängnis gekommen. Und wenn nun stimmt, was er auf dem Rückweg plötzlich erregt hervorstieß? Er sagte: »Ich weiß jetzt, wer mich bei der Polizei denunziert hat: Lange ist es gewesen.« Aber was soll denn schon sein? Ein Racheakt, nicht mehr. Oder ist da doch mehr?
Blödsinn, dieser dumme Ring beschäftigt mich zu sehr! Was ist schon solch ein Schmuckstück? Eine Korsettstange für schwache Charaktere.
Ich gehe nach Hause. Aber ist das Schicksal des Ringes nun wirklich geklärt, sein Weg bis zum Anfang zurückverfolgt? An der Litfaßsäule hängt ein großes Plakat.
›MORD!‹ steht als Überschrift unübersehbar darüber, und in der Mitte, dick: ›Dreitausend Mark Belohnung!‹
Ach, das ist der Mord an dem Polizisten!
Daneben hängt ein anderes Plakat, auch von der Polizei. Die Polizei benötigt wohl eine ganze Litfaßsäule für ihre Anschläge. Und was steht darauf?
›Die Bevölkerung wird um Mithilfe bei der Aufklärung verschiedener Schaufenstereinbrüche, vor allem in Juweliergeschäfte, gebeten. Vertrauliche Behandlung wird zugesichert.
Für zweckdienliche Hinweise, die zur Ergreifung der Täter führen, werden fünftausend Mark Belohnung gezahlt.‹
Es sind sogar einige Schmuckstücke abgebildet, ein Kollier, ein Armband und ein Ring. Aber das ist ja... das ist ja nicht möglich! Das ist ja... der Ring! Kein Zweifel, das ist der Ring!
Ja, dann... ja dann... ich muß zur Polizei!

33 Peter Ranefeld, 18 Jahre, Schweißer

30. November

Ich gehe. Ich liebe es, zu gehen.
Ich bin schon einige Abende nicht draußen gewesen, aber heute möchte ich mal wieder einen weiten Weg machen.
Die Zeit im Gefängnis liegt immer noch wie ein Alpdruck auf mir. Aber es war eine nützliche Zeit. Das Leben hat sich verändert. Alle sind freundlicher zu mir. Ich erkenne zum erstenmal, daß Großvaters Erzählungen kein Quatsch sind, und ich verstehe Vater.
Ich glaube, er hat sich sehr gefreut, als ich sagte, daß ich weiterlernen möchte.
Hier stellte mich die Hechtbande! Sie ist jetzt ganz auseinandergefallen. Hecht sieht in seinem komischen neuen Pullover aus wie eine Witzblattfigur — wie eine verprügelte Witzblattfigur. Die halbe Bande hilft begeistert bei Erhard. Der Prozeß wegen der Spielhalle fand gestern statt. Erhard erschien als rettender Engel. Er erzählte dem Gericht von dem Kinderheim und daß ein Teil der Angeklagten freiwillig zu ihm gekommen sei, um zu helfen, und daß die Bande sich aufgelöst habe.
Der Richter muß sehr beeindruckt gewesen sein. Er hat alle, und vor allem Hecht, stark ins Gebet genommen. Sie erhielten eine Jugendstrafe, die zur Bewährung ausgesetzt wurde mit der Bedingung, daß sie sich vorbildlich am weiteren Ausbau des Kinderheims — auch mit festgesetzten Geldbeträgen — beteiligten. Außerdem hat er allen für ein Jahr das Mopedfahren verboten. Ein weiser Richter! Hecht meldete sich noch gestern abend bei Erhard. Sie bauen jetzt einen Spielplatz. Hecht macht einen überaus zufriedenen Eindruck. Von seiner großen Klappe ist nichts geblieben.
Karin Hester zieht nach München. Wenn ich etwas bin, werde ich ihr schreiben.

Ein schöner Abend. Die Gegend ist ruhig. Ich werde ein bißchen laufen. Schön, zu spüren, daß man lebendig ist, es wirklich zu begreifen, zu fühlen!

Polizeibericht vom 1. Dezember:

Wie soeben bekannt wurde, hat der des Mordes an Hauptwachtmeister Wolters Verdächtigte gestanden. Es handelt sich um einen achtzehnjährigen kaufmännischen Lehrling, der monatelang — auch als Schaufensterschreck bezeichnet — eine Reihe von Juweliergeschäften ausplünderte ...